———— 阅读之前 没有真相

午夜文库

下町火箭3：幽灵

［日］池井户润 著
吕灵芝 译

新 星 出 版 社　NEW STAR PRESS

主要登场人物

佃制作所：
佃航平：社长
殿村直弘：财务主管
山崎光彦：技术研发部部长
津野薰：第一营业部部长
唐木田笃：第二营业部部长
江原春树：第二营业部员工
轻部真树男：中坚工程师
立花洋介：发动机研发小组成员
加纳亚纪：发动机研发小组成员

帝国重工：
藤间秀树：社长
财前道生：宇宙航空部成员
的场俊一：董事
水原重治：宇宙航空部本部长
佃利菜：工程师，佃的女儿

幽灵传动：
伊丹大：社长

岛津裕：副社长

其他：
中川京一：田村大川法律事务所的律师
神谷修一：佃制作所的顾问律师

帝国重工美国子公司亏损三千亿日元，本期转为赤字。

三年前，帝国重工收购了美国黑斯廷格原子能公司，对该公司资产进行精算后，发现了近三千亿日元的财务舞弊。除此之外，该公司还因为客船、航空事业交期拖延而导致赤字膨胀，本期预计损益从一千二百亿日元黑字修正为二千亿日元赤字。（东京经济新闻）

目录

1	第一章	制造之神
25	第二章	天才与城镇工厂
49	第三章	挑战与冲突
65	第四章	高迪的教训
93	第五章	幽灵传动
117	第六章	岛津回忆录
139	第七章	代达罗斯
171	第八章	记忆的构造
205	最终章	青春的轨迹

第一章 制造之神

1

佃制作所位于东京都大田区，距离东急池上线长原站很近，是一座被住宅区包围的老旧办公大楼。

包括宇都宫市工厂的派遣员工和兼职员工，该公司共有将近三百人。不过在总部大楼里上班的就只有财务部、营业部员工和研发部的技术员，一共五十人左右。

社长佃航平今年五十四岁，十几年前因为上一代社长，也就是他父亲突然去世而辞去了宇宙科学研发机构的工作，回家继承了公司。没错，他从前沿火箭工程技术员，转身成为当时总营业额不过几十亿日元的城镇工厂社长，是个有点奇怪的人物。

六月末梅雨将歇未歇之时，佃制作所的大客户山谷公司用一句"有事相商"把佃叫了过去。

"佃先生，劳烦您百忙之中抽空过来，实在不好意思啊。"

在会客室与佃相对而坐的人，是该公司采购部部长藏田慎二，此时他的表情比平时僵硬许多。

"最近贵公司的业绩怎么样？"

"托您的福，还算马马虎虎。"

藏田每次都会开门见山地直奔主题，本来以为他今天也会这样，可现在看他有点欲言又止，迟迟说不出到底有什么事。而且藏田一向不是那种没事关心佃制作所业绩的人。

佃说道："前些日子咱们商量的新型发动机终于做出了样品，我正准备过几天请您看看。新样品预计比旧产品油耗降低百分之五，而且将实现更高的功率，敬请期待啊。"

"不过那样价格也会提高吧？"

跟藏田对话，通常七成在聊成本问题。

"价格这方面还要过后再跟您商量。"佃露出了苦笑，"我们也刚结束测试。"

藏田面无表情地听他说完，短促地叹了口气。

"其实——关于采用贵公司新型发动机一事，我这边希望暂时取消。"

"您说什么？"

佃吃了一惊，正要质问，却被藏田抬手阻止了。

"我知道您想说什么。您也知道，本公司今年四月刚上任了一位新社长，若山社长提出彻底审核外部采购成本的号令。都到这个时候了才要撤销合作，实在是对不住。"

"请等一等。"佃慌了，"新发动机的价格确实要比旧的高，可是性能方面的提升程度足以弥补差价，还绰绰有余。如果考虑性价比，对贵公司来说价格绝对不算高，能否不把这个项目归入削减成本的对象呢？"

"这些我也跟上面解释过了，可是社长说这种说法本身他就不能接受。"

藏田摆出夸张的苦瓜脸，说了一句"您听好了"，然后凑近了佃，又说："说句不好听的，新社长若山认为，农机的发动机，只要能动就好。"

这就没的可聊了。

"若山先生原本不是搞农机出身的吗？"佃气愤地反驳，"竟然说能动就好，这也太过分了。"

"正因为他是搞农业器械的，才会这样说吧。"

4

藏田提出了异议。"发动机的性能的确重要,但也可以说,只因为多了一点性能就提高价格,还不如保持现状就好。又不是在高速公路上跑时速一百公里的汽车,拖拉机跑的可是土路和农田,时速顶天了也就二三十公里。发动机的优化百分比什么的,对使用拖拉机的农户来说都没什么意义。"

佃备受打击,感到眼前一片煞白。

这番话不就完完全全否定了佃制作所每天磨炼技术,追求发动机高效能化的意义了吗?

"藏田部长,您应该清楚我们为了研发这个发动机耗费了多少精力吧?"

佃忍住涌上心头的种种情绪,如此控诉道。

"这我当然清楚。"藏田尴尬地躲开他的视线,靠在椅背上,"但我也没办法啊,这是新社长的方针。啊,还有,这是今后的订单计划。"

他把倒扣在桌上的资料翻过来推给佃,是后半期和下期的计划。

佃拿起来看了一眼上面的数字,顿时怀疑自己的眼睛出了问题。

"这是怎么回事?"

他们不仅取消了新发动机的订单,还大幅减少了现有产品的订购数量。

"我们要把拖拉机等农机产品彻底更新。"藏田说出令佃倍感意外的话,"贵公司的发动机我们将限定在一部分高端机种上,与此同时,主推追求舒适性大于发动机性能的一般型号机种。"

是什么时候有这么个计划的?

"那可让我为难了。"佃难掩心中的震惊,"我们厂里的一些生产线就是基于贵公司的订单设置的，还雇了相应的人手。要是您能事先说一声，价格什么的都能再商量啊。"

"您是说，旧产品的价格能往下压？"

藏田眼中似乎闪过了一道精光。

"那贵公司的成本计划到底是多少呢？"

佃问了一句，可是听到藏田说出的金额后一时语塞。那个价格远远超出他的预想，而且这就意味着，有个竞争对手愿意用如此低的价格提供发动机。

"是哪里？"佃感到喉咙发紧，屏息问了一句，"贵公司要把订单发到哪里？方便的话，能告诉我吗？我不会对外透露的。"

藏田犹豫了一会儿，最终好像觉得说出来也没什么问题，便告诉了佃。

"是代达罗斯。"

"代达罗斯……"

是一家佃最近才有所耳闻的发动机厂商。听说该公司一度经营困难，经过一番改革后成功活了过来。代达罗斯的强项在于成本控制，被业界评为"价格一流，技术二流"。

尽管有所耳闻，佃也没想到他们的价格竟能低成这样——可以说佃为其成本感到震惊，同时还有点挫败。技术输给了成本，这对佃制作所来说是一次万分懊恼的"败北"。

2

"按照这个订单计划，下期可能要赤字。"

回到公司后佃马上开了个会，财务主管殿村直弘一脸严肃地抱着胳膊说。

殿村脸很长，眼睛很大，因为长得像蝗虫，公司里的人都叫他"主公"①。这人做什么都极其仔细，慢腾腾的有时惹人烦，不过对佃制作所来说，他可是不可或缺的财务部一把手，也是佃完全信赖的商量对象。

听到"赤字"这两个字，参加紧急碰头会的佃制作所要员——技术研发部部长山崎光彦、第一营业部部长津野熏、第二营业部部长唐木田笃三人都脸色大变。

第一营业部负责公司主要产品——发动机业务，第二营业部则负责发动机以外的所有产品。因此可以说两个部门的部长津野和唐木田是一对竞争对手。

山崎愤然道："山谷太过分了，这种情况应该事前稍微知会一下的吧。津哥，你听说没？这简直是过河拆桥嘛。"

"我完全没听到风声。"

津野摇摇头。

"肯定是被排挤了吧。"唐木田讽刺地说，"抢了我们生意的代达罗斯肯定事前得到消息了。说是新社长的方针，说服新社长采取这一方针的说不定就是代达罗斯的人。如此一来，那就不是被人过河拆桥，而是单纯的输了。"

唐木田原本在一家外资企业担任营业部部长，在商务谈判方面对自己要求很高。津野气得脸都红了，可他也意识到自己确实有过失，就没有反驳。随时收集山谷那边的信息，也是第一营业部的工作。

"最近确实总能听到代达罗斯这个名字啊。"山崎表情复杂地摸着下巴说，"一开始我还觉得便宜没好货，没怎么把他们放在

---

① "蝗虫"的日语为"tonosamabatta"，汉字写作"殿様バッタ"，"殿樣"可译为"主公"。

7

眼里呢。"

"话说，代达罗斯到底是家什么公司？我们查过吗？"

唐木田发问的对象是殿村，殿村以前是银行职员，来佃制作所后负责征信调查工作。

"我刚才联系了东京信息公司，他们发来了一些资料。"

东京信息公司是跟佃制作所签约的征信公司。殿村看着手头的资料继续道："代达罗斯公司原名叫大德技术工业，一九六五年在品川区成立，创始人是曾在大日本电机当过技术员的德田敬之。公司先前从事小型动力源电机的研发制造，之后开始涉足小型发动机领域，与浜松汽车工业保持了很长时间的合作关系，作为其外包制造商研发发动机，但业绩低迷。就这样平平淡淡地维持了一段时间，十二年前，敬之社长因病隐退，一直担任公司专务的长子秀之继承了社长一职。其后业绩依旧没什么改变，到几年前，秀之终于放开经营权，从外部请来重田登志行出任社长。重田社长上任后打出了新的经营方针，业绩迅速攀升，势头持续到现在。"

佃在随身携带的记事本上记下了重田这个名字。殿村继续道："去年该公司总营业额五十亿日元，经常利润六亿日元，税前当期利润四亿三千万日元。在同等规模的公司里算是收益非常良好的了。目前该公司正在泰国建设工厂，预计新工厂在下一年度正式开工。如此一来，他们的低价战略会更有后劲，极有可能对我们形成更大的威胁。"

殿村做完说明，现场陷入掺杂着危机感和疑问的沉默。

"那个重田是个什么人？"唐木田问。

"很遗憾，资料上没有关于他的详细信息。个人信息只说是实业家。不过根据资料，他持有代达罗斯一半以上的股份，是实际所有者。"

"这么快就让业绩繁荣，肯定特别困难吧。他是怎么做到的？"津野提问道。

"应该是裁员加追求低价路线。"殿村回答，"为压低成本将生产厂房移向海外，同时大量解雇多余的正式员工。"

"为了利益牺牲员工啊，这个经营方针确实了得。"津野讽刺道。

这时外面有人敲门，是财务部的迫田滋，他探头进来，交给殿村一张纸条。

"主公，怎么了？"

见殿村看完纸条后表情紧绷，佃就问了一句。

"没什么。不好意思啊。"

殿村慌忙把纸条塞进口袋，回到会议主题。"不管怎么说，代达罗斯无疑是我们的强敌，千万不能大意。"

"抱歉，主公，我想问个无关的问题，这个代达罗斯，是什么意思啊？"山崎问道。

"我记得是希腊神话里的制造之神。"唐木田代替殿村做了回答，"我在上一家公司时，跟不同行业也叫这个名字的公司有过来往。我觉得这不是大量生产二流产品的公司配得上的名字。"

"虽说如此，低价销售二流产品也是一种生意。"津野说完，低头道歉，"这次真是对不住，今后还会跟别的公司发生竞争，我会打起十二分精神，严阵以待。"

"想办法把山谷挖的坑填上吧。大家一起加油。"佃最后总结道。

只是，为了成本而舍弃员工……

"只要有利可图就行吗？"

结束会议回到办公室后，佃不禁说出这么一句。

佃从未把员工看作成本的一部分，他认为每一个员工都是不可替代的宝贵财富，是必须优先守护的对象。

"我怎么能输给这种公司。"

他又自言自语了一句，然后听到敲门声，抬起头来。

这一看让他的心里咯噔一下，因为殿村的脸色比任何时候都苍白。

"那、那个，社长……"殿村走进办公室，明显很狼狈，"这种时候提要求真是不好意思，我想请两三天假，因为刚得到消息说父亲病倒了。"

"什么？"佃惊呼一声，站了起来。

"好像是心脏出问题了。马上要接受系统检查，然后应该会紧急手术。"

佃想起刚才开会时迫田递给殿村的纸条，一定是老家那边紧急的消息过来了吧。

"知道了，你马上回去吧，公司的事情就别担心了，赶紧的。"

"社长，真对不起，在这么重要的时候离开，实在是不好意思。"

殿村的表情有点扭曲，连连道歉。

"你就别管这些了，公司的事情我会想办法，你赶紧回去照看父亲吧。"

"谢谢您。那我就——"

殿村一本正经地深深鞠躬，退出了办公室。匆忙跟下属迫田交代了工作后，一路赶往栃木老家去了。

3

"主公那边有消息吗？"

晚上结束工作后，佃和几名员工到附近的居酒屋聚餐，席间山崎担心地问了一句。

"据说是心肌梗死。"

一小时前佃刚接到殿村打来汇报父亲病情的电话。

"老人家在散步途中倒下了，被路过的人发现，叫来救护车送进了医院。好在发现得早，命是保住了，不过毕竟年龄大了，痊愈可能要挺长一段时间的。"

"殿村部长老家是务农的吧？"第二营业部的江原春树忧心忡忡地皱着眉头说，"我听说他父母还在种田，农闲期也就算了，现在这个时期，家里特别伤脑筋吧。"

"就是啊。"佃苦着脸，说完转向旁边的迫田道，"主公回来之前，万事就辛苦你了。他可能要离开很长时间。"

"嗯，我会尽力……"

面对从天而降的重任，迫田看起来手足无措。"财务方面倒是没什么问题，只是跟银行交涉贷款方面，我可能没法像部长那么厉害。部长离开时叫我重新审核下一期以后的经营计划，可我实在不知道要怎么弄。"

"还是因为山谷那件事吧，真对不住。"津野低下头，"我会想办法把这个坑填上的。"

这家居酒屋的二楼包间基本是佃制作所的专属聚会地点。每个星期五晚上，有空的人一起来喝一杯，已经成了佃制作所的惯例活动，这一天来了将近二十人。聚餐采取自由参加的形式，默认每人交三千日元，超支的部分由佃来支付。

"津哥，你说的那件事啊，我觉得应该没那么简单。"此时唐木田插嘴道，"我希望山哥也听听。我们不是一直坚持发动机应该追求更高性能吗？可是，现在是不是也该开始考虑，这究竟是否符合客户的需求呢？"

这是个关乎佃制作所存在意义的问题。

"但也跟山谷的业绩不太出彩有关系吧。"江原指出，"他们最近利润下滑，新社长应该是有点着急了。"

"这是部分原因，那位新社长若山不是搞农机出身的吗，我个人是有一点危机感的。"唐木田说，"说白了就是搞技术的山谷放弃了搞技术，他肯定有不得不这么做的沉重现实原因吧。"

津野和负责发动机的第一营业部成员全都陷入了沉默。发动机相当于佃制作所的粮仓，津野手下的第一营业部成员个个有身为公司主心骨的自负。坐在佃旁边的技术研发部部长山崎也皱起了眉。

"你到底想说什么？"山崎的语气里透出了烦躁，"追求发动机的性能提升没有意义，是这样吗？"

"不是说没有意义，我也认为发动机应该尽可能地追求高性能。"唐木田冷静地应答道，"可是在探讨性能之前，我们是不是也应该把目光转向实际使用产品的客户呢？这才是我想说的话。"

这个严肃的问题让现场气氛越来越凝重了。

"唐木田先生，这我很明白。"山崎尝试反驳，"可是山谷那边说，发动机只要能动就行，这就太过分了吧？这是日本首屈一指的农机厂商该说的话吗？"

"我觉得山谷那边这么说也不是出自真心。"津野以从未有过的严肃表情辩白道，"我跟山谷来往很多年了，也认识他们的新社长若山先生。他们对顾客都真诚以待，所以我们才一直跟他们做生意。既然如今山谷这样说，那应该是出现了不能忽视的经营环境变化吧。很惭愧，我满脑子只想着卖发动机，没有想到那一层。"

至此山崎无话可说了，场面越发凝重。

"这可能是重新审视我们的工作的好机会啊。"佃轮番看着在场的所有人，"客户想要的是什么，我们要做出怎样的改变。我们大家一块儿想吧。"

"但我可不想让事情演变成跟代达罗斯打价格战。"

说话的人是第一营业部的年轻员工村木昭夫。他跟江原一样，是小辈里的领头人物。

"我们是不会卖廉价货的。"佃斩钉截铁地说道，"也不会为了压低价格而制造性能不好的发动机。我们的长处就是技术实力，以技术为卖点的公司，怎么能做跟技术背道而驰的事呢？直面用户跟讨好用户是两回事。"

听到这番与自己意见一致的话，山崎总算毅然抬起了头。

佃继续道："我们要从这次的失败中吸取教训，用自己的方法去诚心面对合作伙伴与用户，这样一定能找到只有我们才能做到的事情。"

可是，那究竟是什么呢？佃制作所的当务之急是找到答案。

4

第二周，佃与山崎两人来到帝国重工总部大楼，准备出席关于火箭发射的会议。

虽然佃制作所的主要业务是小型发动机制造，但与此同时也供应大型火箭氢发动机阀门系统的核心部件，现在此零部件可谓佃制作所的代名词。佃制作所的技术实力之所以在业界号称"火箭品质"，也是因为这一供给实绩。

会议结束时已经过了下午五点，二人受研发现场负责人、宇宙航空部的财前道生的邀请，来到了八重洲的西餐厅。

"下次发射也要拜托你们了。"

财前举起啤酒跟他们碰了杯，然后表情异常僵硬地继续道："想必两位已经听说了，到下一任期结束，藤间社长势必要退任了。"

"藤间社长要退任？"佃正忙着切烤牛肉，闻言忍不住抬起头来，"下一期是……"

帝国重工每年三月决算，那就是后年。藤间秀树是日本宇宙航空界领军人物，大型火箭发射项目"星辰计划"的发起人。

"前些天报纸上有报道，您应该看到了吧。现在本公司的经营情况十分严峻。"

"是因为黑斯廷格那件事吗？"佃问道。此前发现巨额亏损的美国黑斯廷格公司是帝国重工的子公司。

财前点了点头。

"收购黑斯廷格一事是由藤间社长主导的。不仅如此，豪华游轮海星号订单也因为一再改变设计导致交期大幅落后，使得赤字不断膨胀。另外投入了巨额资金的客机航线也迟迟没有完成研发，现在还无法预测何时能投入使用。虽说这些事全凑在一起是不走运的巧合，但公司内部要求藤间社长为此负责的呼声与日俱增。"

佃猜测到了这番话的走向，放下了刀叉。

"星辰计划没问题吧？"

"问题就在这里。"财前进入了正题，"星辰计划是藤间社长最为重视的事业，也积累了一定的发射实绩。只不过，大型火箭发射事业不算是能赚钱的项目，恐怕还要等很久才能作为商用开枝散叶。现在公司内部反对这项事业的声音也越来越强烈。如果是效益好的时候倒还能勉强顶住，可处在如今的逆境中，就有人开始质疑继续下去的意义了。"

"请等一等。"山崎慌了手脚，"这是什么意思？要是藤间先生不当社长了，火箭发射事业就有可能停摆吗？那可不行啊，如果此时放弃，日本的宇宙航空——"

"阿山，阿山，"佃制止了忍不住说上头的山崎，"这种事情财前先生应该最清楚了。"

"不、不好意思，我一下没忍住。"

山崎低头道歉，然后闭上了嘴。

佃问道："不过，这么早就开始准备继任社长的人事调整，真不愧是帝国重工啊。"

"说来惭愧，这其实算是高层之间的势力斗争。"财前苦着脸说，"现任会长与藤间社长关系不好，也为这件事火上浇油了。"

现任会长冲田勇是曾出任经团联[①]会长的日本经济界大鳄。虽说是会长，但他依旧手握公司的代表权，是帝国重工内部的一股隐藏势力。

"本来应该是藤间社长选用自己中意的人继任社长，可如今他因为经营问题被问责，反藤间的声音甚嚣尘上。"

"反藤间吗……"佃黯然道。在成为佃制作所的社长前，他一直在宇宙科学开发机构这一国家组织内从事研究工作。当时组织里也有拉帮结派，官僚式的上下级意识十分明显，看来帝国重

[①]指日本经济团体联合会。

工的情况与之不相上下，甚至更为错综复杂。

"如果藤间社长因为经营问题被问责，下任社长由冲田会长支持的人物担当，那么最有潜力的可能是本公司的一名董事。"财前先顿了顿，才说出那个名字，"的场俊一。他统领国内制造部门，说白了就是最底层的董事。若决定由他出任社长，那相当于往上跳了二十个层级。"

山崎瞪圆了眼睛，财前的表情依旧紧绷。

"有什么问题吗？"佃问。

"我以前在的场手下工作过，跟他关系还不错。"财前说道。

"您跟下任社长关系不错，那不是好事情吗？"佃感到意外。

"在这个组织里，关系好不一定就是好事。"财前说了句让人摸不着头脑的话，"的场先生是反藤间派急先锋，如果他当上社长，藤间社长的方针可能会遭到彻底否定。"

"也就是说，届时星辰计划将面临存亡危机。"

财前用沉默肯定了佃的猜测。

供应大型火箭发动机上使用的阀门系统，这对佃制作所来说可谓精神支柱。而现在，他们面临着永远失去这个支柱的窘境。

"我会做好心理准备的。"

佃好不容易才挤出了这句话。

5

周六上午，佃开车离开家，到品川区某栋公寓楼下接上山崎后，开上了首都高速。

一点过后，他们穿过拥堵路段，进入了东北道。今天是梅雨季里难得一见的晴天，透过前窗照进来的阳光已有了点盛夏的模样。车子顺着下行车道一路行驶，在佐野藤冈出口下了高速。

又开了几公里，车窗两边出现了连绵的田园风景。晴空万里无云，初夏的阳光照在平静的水田上。

"主公不是在医院吗？"

山崎听说他们要直接去殿村家，露出了不解的表情。

"不，他好像每天下午都在家，据说是要替父亲干农活。"

"农户真是够辛苦的——啊，就是那一带吧？"

导航引导他们走上县道，两侧被水田环绕的道路延伸到了一个小村落中，视野里出现了被长长的围墙包围的旧房子。

"是那座房子吧？"

佃把车开过去，看到了门口"殿村"的名牌，就把车停在了房前的空地上。

这是一栋老式房子。往里面一看，中庭外围有卷帘门敞开的仓库，深处是一栋两层的和式主屋。

"真不错啊。"

难怪山崎会瞪大眼睛，他此前虽然听说殿村家是有三百年历史的大农户，但万万没想到竟是如此气派。

午后十分安静，二人来到主屋门口叫了一声，里面马上传来尖声回应。接着很快就看见一位七十多岁的小个子女人前来应门，这应该是殿村的母亲了。

"您就是佃社长吧？"她一看见佃，马上鞠了一躬，"这么大老远的，您真是费心了。"

"一直劳烦直弘先生照顾。"佃和山崎一起低头行礼，"这次听说老先生住院，我们就想来看望一下。"

佃把果篮递给殿村的母亲，老妇人客气地躬下身。

"请问老先生情况如何？"

佃问了一句。

"托您二位的福，手术很顺利。医生说，要是恢复得不错，再过两周就能出院了。"

"那真是太好了。"佃由衷地说完，又问了一句，"请问直弘先生在家吗？"

"直弘在地里干活呢。应该在那一片……"

夫人带两人走出大门，在路旁眺望对面的水田。

带着梅雨湿气的风迎面拂来，有一股令人怀念的泥土气息。

还有小型发动机运转的声音随风而来，定睛一看，一台拖拉机正在远处的农田里移动。

"啊，找到了。我这就喊他过来。"

夫人正要过去，却被佃拦住了。

"不用了，不用了，我们过去就行。您别费心了。"

二人顺着田埂走向正在工作的殿村。这片地实在太大了，虽然看起来不远，走起来却挺费劲。

"阿山，这声音好熟悉啊，你能听出来吗？"

山崎边走边回答："这是第一代'斯特拉'吧。"

"斯特拉"是佃制作所生产的小型发动机。

父亲死后，佃放弃了研究道路，继承了佃制作所。他上任后公司发布的第一款发动机就是初代"斯特拉"。水冷双缸柴油机，三十马力，是当时兼具最低油耗和最高性能的一款发动机。

阳光很猛烈，周围没有任何遮挡物。空气湿度很大，走两步就出一身汗，没多久衣服就黏到了身上。

"主公还没发现我们呢。"山崎笑着说，"要不要吓唬吓唬他？"

"算了，等他把活干完吧。别打扰他。"

农田旁边有个杂物间，屋檐底下放着充当椅子的啤酒箱，他们就在那儿坐着歇了一会儿。

拖拉机保持着一定的速度在广阔的农田里笔直穿行，到达尽头再掉头返回。

周围的农田都长满了青绿的稻子，只有那块田里没有，应该是休耕田。殿村穿着一套作业服，头戴草帽，脖子上缠着毛巾，专心操作着拖拉机，丝毫没有注意到他们两人。

拖拉机后面连着犁田用的转轮铁爪，是名为"翻土机"的配件。

结构上，拖拉机与汽车最大的差异在于，发动机制造的动力在汽车上只作用于轮胎，而在拖拉机上还要兼做后部配件的动力源。

殿村驾驶着拖拉机靠近农田边缘，速度的变化表示他刚换了一个挡位。翻土机还在转动，为了左转要拉左轮的刹车，这是操作拖拉机的特有动作。

在两人休息的地方能看到旋转的翻土机，铁爪刺入泥土的深度有十几厘米。

旋转速度很快，甚至看不清铁爪。

"仔细想想，我们还真没见过装了'斯特拉'的拖拉机运作时的样子啊。"山崎突然说了一句。

翻土机依旧保持着转速，拖拉机开始右转。殿村不知第几次抬手用搭在脖子上的毛巾擦去汗水。

"天可真热。"山崎望着天，自言自语道，"虽然很不甘心，但我还挺理解山谷追求农机舒适性的主张的。"他用手帕擦着额头，又对佃说了一句，"对吧，社长？"

没有回应。

山崎定睛一看，佃正一脸认真地凝视着拖拉机，似乎没听到他说话。

殿村操作挡杆，发动机的转速发生了变化。翻土机在地面翻动，尘土缓缓扬起。

"阿山啊，你看那个拖拉机的运转动作，发现什么没？"

山崎一脸茫然。

"拖拉机的运转动作？"

他看向拖拉机，观察殿村的动作，很快就歪起了脑袋。

佃站起身，轻巧地跳过水路，沿田埂走过去。

"等等啊，社长。"山崎追了上去。

"主公！"佃把双手拢在嘴边喊道，"主公！"

殿村回过头来，总算发现了他，马上停下拖拉机，跳下来喊着："啊，社长！您来了呀。"

发动机关上了，四周仿佛落下了幕布的舞台一般，突然安静下来。

"嗯，我们看你忙了一会儿了。听说你老爸恢复得不错？"

"谢谢您。不过他出院后也不能马上干农活，所以还是得我来弄。天这么热，大病初愈的老人肯定受不了。"

"这段时间要辛苦你啦。"

佃叹口气，换了个话题。"我有个请求，能让我也开开这台拖拉机吗？"

"您要开这个？"殿村瞪圆了标志性的大眼睛，"可以是可以，您知道怎么开吗？"

"知道。你告诉我怎么操作后面的东西就行了。"

不愧是发动机专家，听完简单的讲解后，佃不顾山崎莫名其妙的眼神，坐上了驾驶席——他到底要干什么？

佃发动了引擎。殿村和山崎退到田埂上,拖拉机开动起来。

先直线前进了一会儿,靠近田埂时佃按照殿村教的方法踩住刹车,锁死一侧车轮,原地转了一圈。

"很不错。"他的技术让殿村感叹,"很有潜力,直接务农应该毫无障碍。"

"因为他打从心底里喜欢机器啊。"山崎在旁边说,"这类器械,他只要看上一眼就能弄明白大致构造了,这是天赋。"

佃驾驶着拖拉机继续直线前进,背后拖动的翻土机大力翻动着土块,扬起细细的灰尘。

这时,发动机的声音变了。

"嗯?"殿村叫了一声,"那里是直线,不需要换挡啊。"

他话音未落,挡位又换了,然后是反复升降翻土机的动作。

"社长在干什么啊?"

山崎疑惑不解。而佃每操作一下控制杆,都要回头看看翻土机的动作。

接着他又掉了个头朝这边开来,反复换了好几个挡位,每次发动机都会发出或高或低的声音。

大约过了十分钟,佃依旧没有停下来的意思。

殿村和山崎一开始站在田埂上看,后来觉得急也没办法,便躲进小屋的阴凉里远远看着。

"他是不是对什么东西产生兴趣了呀。"殿村有点无奈地说,"这么热的天,没问题吗?我回家拿点饮料过来。"

他说完便回家,不一会儿抱着瓶装运动饮料回来。去给佃送饮料时,佃问:"主公,我能再开一会儿吗?"

"请吧,请吧,您尽管开。"

佃一旦迷上了什么东西,就要研究到自己满意为止,殿村对他这个性格了如指掌。

"我去拔拔草,您搞完了叫我一声。旁边那块休耕田也可以进去。"

大约过了两个小时,佃才从拖拉机上下来。

"主公,谢谢你,托你的福,我好像知道接下来要做什么了。"

回到殿村家休息时,佃说了句让人意外的话。

因为出了一身汗,佃没去客厅,而是坐在主屋旁边,置物间的工作台上。他定定地看着已经停止运作的拖拉机。

"社长,接下来要干什么?"山崎问。

"在此之前,我有句话想问问主公。拖拉机后面的翻土机,在农耕时是不是保持稳定转速比较好啊?"

"那是当然。"殿村点点头,"转速不稳定,就会出现有的地方翻得匀,有的地方翻不匀的情况。那样一来,无论是水田还是旱田,农作物的生长都会受到影响。"

"果然是这样……"

佃盯着卸下来的翻土机,陷入了沉思。

"要是有不会出现这种瑕疵的拖拉机,你会买吗?"接着他问道。

"肯定会买。"殿村回答,"虽然买机器的人不是我,而是我老爸,不过他也很在意这个。可是社长,这种机器能做出来吗?"

"能。"佃说,又补充了一句,"但不是马上能。"

"这是什么意思啊?"

殿村的表情像在猜灯谜。

在旁边喝冰麦茶的山崎抬起头来,似乎理解了佃想说的话。

"莫非社长在考虑变速器?"

"没错。"佃终于说出了想法,"我看主公干活的时候发现了一件事,那就是变速器的性能会影响作业器械的精确度。"

"变速器吗……"殿村似乎还没反应过来,"我知道变速器,也知道拖拉机和汽车上都装有这个东西。不过,变速器到底是干什么用的?"

"这玩意儿英语里叫'transmission',最简单的变速器是自行车上的那种。"山崎主动接下了说明的任务,"只要操作切换杆,就能换成一挡或二挡,对不对?车子链条会从小齿轮移动到大齿轮,踩踏板制造的速度随之发生改变。汽车和拖拉机上装的东西也是同样原理。"

"我好像听明白了,又好像没明白……不好意思,实在是反应不过来。"

殿村道歉完继续道:"那我们接下来要做的是……"

"我们要做变速器。"佃提出了崭新的提案,"无论我们研发的发动机性能有多高,决定乘坐舒适感和作业精确度的都不是它,而是变速器。从这层意义上说,发动机可能真的是能动就好。不过变速器就不一样了。高性能的发动机加上高性能的变速器,我觉得可以认真探讨一下佃制作所能否同时制作这两种东西。"

"我认为这个建议很好。"山崎的语气里潜藏着斗志,"值得挑战。主公,你觉得呢?"

"这个嘛……"殿村歪着头,略显低调地回了一句颇有财务主管风格的话,"研发这个东西要花多少钱啊?"

第二章 天才与城镇工厂

1

在每周一早上召开的例行联络会议上，佃提出想做变速器，但他的话听起来有点不着边际。

"凭我们的经验，能做得出来吗？"

唐木田马上提出了最关键的问题。

"以目前的状况，研发起来应该很困难。"山崎回答，"要进入这个领域只有两条路，一是靠现有人才慢慢研发，二是从外部聘请有经验的人才，组成新团队。"

"如果选择前者，在做出成品之前要花不少成本和时间吧？"唐木田说，"既然如此，还是老老实实从外部召集人才组成团队更快。不过不管怎么做，需要投进去的钱都不下十亿日元吧？"

这个金额让出席会议的组长以上员工纷纷发出了惊叹。

"我能说句话吗？"举手发言的人是第二营业部的江原，"现在山谷那边的农机，用的是谁家的变速器？"

"是山谷自己的产品。"津野回答道，"可能山谷对自己的变速器有信心，才觉得发动机的性能并不重要。"

"原来如此。不过既然已经有高性能的变速器了，我们再加入进去恐怕也赢不了吧？"

"问题就在这里。"

佃仿佛就在等这句话，只见他站起来，在背后的白板上画了一幅简单的变速器结构图。

"这是普通变速器，它的性能是由什么决定的呢——这就是问题所在。"

佃转向注视着白板的员工们,说:"如果把设计和结构放一边,那各个零部件的加工精度就变得极为重要了。就算只是一个齿轮,其研磨精度都与制造者,也就是我们的技术水平直接挂钩。可是,变速器里还有一个比齿轮重要得多的部分——是阀门。"

所有人都屏住了气息。

"左右变速器性能的一大要素,是以油压为主的流体控制,这是由阀门性能来决定的。"

"所以,我们要做吗?"

有人小声问了一句,佃点点头。

"确实,现在我们在变速器方面的整体经验还不足,可是关系到阀门,就是另外一回事了。变速器里必不可少的阀门,我们是有经验和技术的,覆盖的范围还很广。因此,就像制造火箭发动机里的阀门一样,变速器里的也可以吧?"

"您是想说,掌握了阀门的人就能掌握变速器吗?"唐木田说。

这句话无疑说中了这个行业的核心。

2

"上来就做变速器难度太高,所以我想先从变速器用的阀门开始,怎么样?"

"想法很不错啊。"

殿村无条件地赞成了佃的提议。这天晚上,佃叫上殿村和山崎,来到经常光顾的居酒屋。

"从零部件起步,而且还是我们最拿手的阀门,应该不会太勉强。只是……我们能找到订单吗？"殿村还是有顾虑。

"我准备找山谷谈谈。"佃说出了一直放在心里的想法，"今天的会上也提到了，山谷用的是自家的变速器。我觉得可以去试试，看他们愿不愿意把阀门外包给我们做。"

"可以啊，正好这周五要去山谷在浜松的工厂，不如问问看吧。"山崎说，"对了，主公也去一趟如何？"

殿村很不好意思地低下了头。

"周五我准备请假来着……"

"农活吗？"

"是的。我拜托了附近的农户，请他们帮忙照料，不过人家也正忙呢——实在是对不起。"

"这是没办法的事嘛。"山崎同情地皱起了眉，"照顾父母是每个人的责任。我们家的虽然还挺精神，可一旦谁生病了，他们远在北海道，我都不知道怎么办啊。"

"谢谢你的理解。"

殿村咬着嘴唇，很不好意思。

"不过主公，你今后打算怎么办？"佃郑重地问，"不是说你老爸出院了也不能马上出门干活吗？"

殿村马上露出走投无路的表情。

"我在想，先勉强支撑到今年收割再说。"

"你家不是有三百年历史的农户吗，有多少地啊？"

"大约二十町步。"

佃听到了这个数字，却实在想象不出这是多大。

"一町步约等于一公顷，就是边长一百米的方形。"

"然后有二十个这么多！"

山崎语气夸张地惊叹，不过换作别人也要大吃一惊。

"那单靠你父母肯定管不过来吧——不是,这么大的土地,他们以前都自己照料,也真是了不起。"

山崎说得没错。

"说来惭愧,我明知如此,还是都扔给了父母。"

"难道……你要继承家业?"

山崎惊讶地问道,殿村慌忙摆起手来。

"不不不,我父母说务农没前途,准备只做到他们那一代,这才把我送出来上大学。老爸总说,等到他做不动了,就到此为止。"

殿村感慨地叹了口气,喝了口酒。

"可是老爸那个人,到鬼门关走了一遭,躺在医院里还成天担心地里的事。我看他那个样子,就越发觉得,对父母来说田地就是宝贝啊……不仅是我的父母,那是我们家祖先三百年来一直当成宝贝守护下来的东西。想到这里,我就实在开不了口说自己要上班,管不了家里的地。"

"我明白你的心情。"佃由衷地说道,"主公,只有父母活着的时候才能孝顺他们,你还是要趁现在多为他们想想。"

"谢谢您。"殿村感激地低下了头,"偏偏在这么关键的时候,真是对不起。"

"你别在意啊,公司哪里有不关键的时候。"山崎笑着安慰他,"不是我吹牛,我们可是吹口气就能散架的中小企业。"

"阿山,'吹口气就能散架'这句话有点多余了吧。"

佃气哼哼地抱怨了一句,山崎和殿村都拼命忍住笑。

3

周五,佃、山崎和津野乘坐一大早出发的新干线从品川站出发，前往山谷规模最大的浜松工厂。

从浜松站下车，要坐二十分钟出租车到工厂。这里的厂长叫入间尚人，是跟佃打了多年交道的制造部关键人物。

"哎呀，真不好意思，这次给你们添了不少麻烦。"

入间带着一脸亲切的笑容迎接他们。他是个爱照顾人的热心肠，也是一名出色的技术人员，在新型发动机研发阶段给佃他们提了不少建议。

"社长更替进而改变战略倒也罢了，对于使用代达罗斯的发动机这件事，我们这边也有很多意见。"

虽说如此，入间也没有驳回社长决定的能力。

"这件事我们已经深刻反省过了。今天来是想跟您商量别的事情。"

接着，佃把心里的想法说了出来。

"原来如此，搞变速器啊……"入间显得饶有兴致，"请你们一定要试试看。关注到变速器阀门这块，我觉得想法很不错。这对贵公司来说应该不算勉强，而且佃先生的话，一定能做出特别好的东西来。我反倒很意外，你们之前怎么没想到。"

确实如此，佃也觉得自己对开发事业这方面有点怠慢了。

"Y302的变速器是贵公司的产品，对吧？阀门是哪儿做的？"山崎问道。

Y302是浜松工厂生产的小型拖拉机的产品编号，是四十马力的主力产品，比殿村家的拖拉机更新了一代。

如果要研发新阀门，跟入间讨论应该能得到正确的反馈。

"现在是大森阀门那边在做。"

大森是一家大型阀门厂商。这下可棘手了，山崎吸了口气，没再说话。

"要是我们研发出了阀门,您会考虑使用吗?"佃问。

"可能性当然是有的。"入间马上回答,"不过现行产品就算了吧。"说完他又马上补充道,"新产品大概明年开始进行零部件选择。不过这事也不好说啊。"

入间手抵下巴,陷入了沉思。沉默了一会儿之后说道:"这话可别外传,我们有可能把整个变速器外包出去。"

"这是怎么回事?"

"这也是若山新社长的方针。"入间一脸很不高兴的样子继续道,"他说能压低成本的东西就要尽量压低,为此原本自主生产的东西也要重新考虑外包,看看成本如何。最终审核结果好的话,整个新变速器的制造计划都可能取消。"

"外包是要包给……"津野接口道,"是要找大型变速器厂商吗?"

"不不不,目前候选的公司规模不大,甚至比贵公司还小。"

入间的话让几位倍感意外,山崎也露出了惊讶的表情。有那么小的变速器厂商?

"若山社长能看上那个公司也真是不得了。那家公司特别新,在下丸子一带。"

那里属于大田区。

"你等等,我这儿有资料。"

入间离开了片刻。

"下丸子那儿还有变速器厂商?"佃小声问。

"我也是头一回听说。"

津野疑惑不解。连这两个人都不知道,可见那真是个特别小的公司——或者说特别新。

"来,就是这个。幽灵传动公司,你们知道吗?"

幽灵传动，社长名叫伊丹大，公司所在地确实写的是大田区下丸子。这果然是一家创业才五年的新公司，宣传小册子封面印着夸张的大工厂的照片，可是下丸子那边根本没有这么大的地方可以建工厂，实际上也没有这样的工厂。

"我还纳闷工厂在哪儿呢，这上面写着签约了马来西亚的工厂啊。"

津野眼尖地指出。

"这是一家创业公司。"入间说，"公司很特别，他们只做策划和设计，所有零部件的生产和组装都外包给签约公司。"

"也就是无厂企业吗？"

无厂企业是指本身不具备生产环节的企业，比较有名的是美国苹果公司。

"这能做出变速器来？"

难怪山崎会满心疑惑，佃也从未见过这样的经营模式。

"这个伊丹社长是个什么样的人？"他问了一句。

"他啊，以前是帝国重工的员工。"令人意外的回答，"我听说他之前在机械事业部，不过是搞行政的。后来独立出来，创立了做变速器的公司。"

"一个帝国重工搞行政的人……"佃脑中闪过财前道生熟悉的面孔，然后问，"他们做什么样的变速器？"

"刚成立的时候做过MT，不过让他们一举成名的是爱知汽车紧凑型家用车搭载的CVT。现在他们那儿的营业额基本都靠这个。"

MT是手动挡汽车搭载的变速器。日本国内的汽车多为自动挡，较少看见手动挡。不过从世界范围来看，还是手动挡数量更多。

CVT则是与MT结构完全不同的变速器，搭载于自动挡的紧凑车型。后者最大的不同之处在于没有低速挡、二挡、三挡这些挡位，是一台无级变速器。这种变速器常用于小型或中型汽车，属于新型变速器。

不过，一个不搞技术的人能够成功创立生产精密变速器的公司，这实在太难以置信了。

"其实他就相当于制作人。"入间明确地评论道，"本身没有技术能力，公司员工也只有三十名，其中三分之一搞营业，剩下的全是优秀技术员。幽灵传动只负责策划、设计、营业和材料采购，样品生产和量产全部外包给合约工厂。"

"那就是以技术为卖点，尽可能削减固定成本并提高效率，对吗？"津野感兴趣地问。

"你们要是有兴趣，不如跟伊丹社长见一面吧，我可以介绍介绍。"入间爽快地说，"如果我们的变速器订单发给了幽灵传动，只要他们愿意采用贵公司的阀门，结果就都一样。如何？"

且不论事情会不会顺利，佃一行人先齐齐低下头说："那就麻烦您了。"

4

下午四点前，几个人从山谷的浜松工厂回到了佃制作所总部。

津野还有事，就在品川站道了别。佃跟山崎回公司休息了一会儿，佃说："要不去看看？"

"去幽灵传动吗？"

佃觉得山崎肯定也很好奇。

"在离我们这么近的地方就有一家变速器厂商，你不觉得很意外吗？去看看那是个什么地方吧。"

"其实我也想去看看。"

于是两个人马上开着公司的车出去了。到幽灵传动宣传册上写的地址只需不到二十分钟。

车子穿过熟悉的住宅区间的小巷，沿着已经开始拥堵的国道南下，不一会儿就来到了住宅、商店和小工厂混杂的半工业地区。

这里是多摩川沿岸，地势平坦，再往前开一段便是在经济高速成长期堪称大动脉的产业道路，沿海一侧是京浜工业区的港湾和大型工厂，以及仓库群。

此时道路两旁出现了怀旧的小镇样貌。有粗点心店、自行车店，还有门口挂着小招牌的咖啡店。车子穿过瘦高的独栋民居和公寓群，突然就是一片城镇工厂。

生锈的招牌，敞着门的昏暗厂房，这里还残留着佃从小就熟悉的小镇风貌。

"在这种地方开创业公司，有点意外啊。"

车子沿双向单车道的公路按限速行驶，山崎坐在副驾上张望着两旁的风景。

"就在这儿。"

汽车正要经过一座废弃的厂房时山崎说道，于是佃停下了车。

佃难以置信地看着道路右侧的建筑物。

"是……这里吗？"山崎略显犹豫地说。

难怪他会这样，因为他们眼前的木造小楼看起来起码有五十年历史了。面朝道路有四块玻璃门，上面挂着招牌，写着"幽灵传动有限公司"几个大字。

"社长，这块招牌也太寒碜了，就差手写了。"

山崎说得有道理。公司名称下方还写着"变速器专业"几个字，仿佛闪回到了昭和时代。

"这可不得了，昭和的化石啊。"

连佃也藏不住脸上的惊讶之情，呆呆地看着那比起怀旧，更像跑错时代的建筑物。

玻璃门敞开着，从外面就能看见里面的门厅。

"以前那里可能放过车床之类的东西，他们是连带家具一块儿买下来的吧。"

放车床的位置现在摆着展示柜，昏暗的屋内只有展示柜里亮着一盏小灯，里面摆着变速器。

再往里好像是办公室，能看见几名员工的身影。

"说是创业五年的企业，对吧？"

"你说创业五十年了我都信。"

几辆车从他们的车子旁开了过去。

佃把双闪换成转向，启动了汽车。

"真是大吃一惊。"

山崎说出这样的感想，让佃忍不住笑了。

"我们看到了不得了的东西。"

"是啊。"

佃还是忍不住笑意。公司历史这么短，却带有一种滑稽的沧桑感，真是一家奇特的创业公司。相比较起来，他们的办公楼反而正经得有些异样。

顺着拥堵的辅路往公司开，佃说了一句："阿山啊，虽然不知道结果如何，但我好像喜欢上那家公司了。"

5

佃从浜松工厂回来后的第二天，入间就打来了电话。原来他跟伊丹社长谈完，对方很爽快地请他介绍两家认识。于是佃马上预约了下周一上班时间见面。

"幽灵传动的评价还不错。"

随后召开的营业会议上，江原汇报收集来的信息。

"他们于五年前创业，现在已经做到年销售额超一百亿了。社长说完我也去看了一下，从公司外表还真想象不到有这么厉害的业绩。"

"一百亿……"佃忍不住与山崎对视一眼，"有这么多吗……好厉害啊。"

江原的汇报还没结束。

"虽说营业额超百亿，不过幽灵传动并没有自己的制造工厂。也就是说，营业额近九成要支付给外包和下包厂商，实际营业额可能只有十亿日元左右。"

尽管如此，佃还是觉得短短五年就把公司做到这个地步很了不起。

江原继续道："社长伊丹大，还有副社长兼技术部负责人岛津裕，都是帝国重工出身。伊丹大进入帝国重工后，一直在机械事业部负责策划，后来跟研究员同事岛津共同离职，创建了幽灵传动。"

"离开帝国重工建立创业公司，那两个人很了不起啊。"殿村也开始感叹，"这个公司虽然规模小，但技术水平属于业界一流。支撑他们技术实力的人是岛津，据说这个人在帝国重工被誉为天才工程师。"

"天才工程师？"这句话可能激起了山崎的竞争意识，他又小声说，"世界上根本不存在天才。"

"先不管那人是不是天才……"江原苦笑着继续道，"幽灵传动这个公司就是由岛津负责设计变速器，伊丹社长管理的经营部门向市场供应。一开始他们好像吃了不少苦头，三年前总算拿到了爱知汽车旗下小型车的订单，让业务走上了正轨。公司虽然还需要进一步发展，不过他们手握技术实力，经营模式也很优秀，或许是最适合我们去联合的对象。"

江原介绍完，带着不容置疑的语气给出了结论："社长，这次请您务必把事谈成。"

一个细雨连绵，让人有些烦心的午后，佃、山崎和营业部部长唐木田三人，带着江原的期待拜访了幽灵传动。

他们坐着唐木田驾驶的面包车来到幽灵传动门前。天空宛如用墨晕染，招牌已被从早上下到现在的细雨打湿，这栋老旧的房子已融入略显无趣的小镇中。

"打扰了。"

拉开面朝大路的玻璃门，一股机油味扑鼻而来。那是佃熟悉的气味。

上回只是在外面看了一眼，这次进来看，才发现里面跟想象中脏兮兮的城镇工厂截然不同。布局整齐，干干净净，巧妙地利用了此前工厂的结构，又焕发出新锐办公空间的生机。

佃报上名字，一位三十多岁的男人走过来，把他们领进了会客室。

这人脸上毫无笑意，寸头，看起来有些呆板。他体格健壮，会让人联想到工匠，一双眼睛目光锐利，穿着印有幽灵传动公司名称的外套，外套手臂部位的工具袋里插着两支圆珠笔。

"我是社长伊丹。"

交换了名片，伊丹请佃一行坐到沙发上，自己则重重地坐在了扶手椅上。

进入会客室又仿佛从昭和时代直接跳到了现在，里面摆着黑色皮沙发，还有两把放着白色蕾丝靠垫的扶手椅，可以说是一间"正统"的会客室。

"这房子是您自己的吗？"

佃知道这样问有些失礼，但还是忍不住说了出来。

"是我家。"对方的回答让他十分意外。

"您家？"佃惊讶地追问，"您家以前是经营工厂的吗？"

"我老爸以前搞过机械加工。"伊丹说，"当时这里叫伊丹工业所，不过十年前他去世了。"

"您没有继承令尊的公司吗？"佃问道。

"没有。他为大公司做二次外包，没什么技术含量，也没有像样的设备。员工们都老了，唯一的竞争力就是租金便宜。"

伊丹说得一本正经，佃也十分认同，这也是众多微小企业的现实状态。

"母亲也年事已高，我就算回来了也是被拖死。结果伊丹工业所就只做到父亲那一代，他坚持了三十年，最后只剩下三个员工。公司关闭时这座房子没被收走已经算很好的结局了。"

有很多公司是想关也关不掉，因为欠下的债就算把公司和房子都卖了也还不上。

"父亲晚年时，公司里可谓捉襟见肘，尽管如此，他还是直到最后都守护着自己的员工。环境虽艰苦，他却还是把欠的债都还清了，还留下了一笔足够支付员工退职金的钱。他从不享乐，也不怎么去旅行。这样的父亲是我的骄傲。"

伊丹直视着佃，毫不掩饰地道出了心里的想法。佃感觉他是个很不错的人，顿时喜欢上他了。

"伊丹先生短短五年就把公司做得这么好，实在是让人佩服啊。"

这并非奉承，而是佃的真心话。

"不，现在还算不上走上正轨。"

他在自谦吗？

"三年前幸好爱知汽车把订单发给我们，才好不容易抵销了创业赤字。现在只能算站到了起跑线上。"

透过会客室的玻璃墙，能看到办公室里有大约十名员工。看着大多数人衣着随便，佃猜测可能都是技术员。

"我听说贵公司没有工厂，那是怎么研发变速器的呢？"

"研发由我们这里的岛津带头。费用可吓人了——啊，这不，说谁谁就来了。"

众人转过头，看见一名女性站在办公室门口，正在甩伞上的雨水。

她看起来三十出头，身材圆润，头发束到脑后扎成个丸子，穿着淡黄色的无袖上衣和五分裤。

山崎惊得瞪大了眼睛，唐木田也咧着嘴，甚至忘记了怎么眨眼。佃跟他们同样惊讶。

不过对方似乎对佃一行人的惊讶见怪不怪了。

"啊，你们好，欢迎啊。"

女性瞅了一眼会客室，像见到老朋友一样打了声招呼，然后转头问伊丹："我也进去吗？"

"来吧，这几位客人来自佃制作所，搞阀门的。"伊丹说。

"哦，好的、好的。请等一等。"

她随手放下小提包，转身不知去了哪里。佃瞥到敞着口的包里露出揉成一团的针织衫和手机，包上有个可爱的动物图案，正抬头看着佃。

过了一会儿，岛津拿着名片回来了。

"我叫岛津，岛津裕。请多关照。"

她双手放在膝上，行了一个礼。

佃与她交换了名片，看向上面的名字——岛津裕。

原来"裕"不读作江原那天开会时说的"Hiroshi"，而是念"Yu"[①]。

他们都以为是个男人，没想到——天才工程师是一位女性。

还是一名随处可见的普通女性。

6

"我听山谷的入间先生说，佃制作所制造了帝国重工火箭发动机的阀门？请问你们是怎么做出那种东西的呢？"

岛津毫不客气，刚落座就好奇地提出了一个质朴的问题。

"我以前在宇宙科学研发机构参与过氢发动机的研发。"

佃简单说明了经过，然后问道："我听说两位都是帝国重工出身，跟宇宙航空部有什么——"

"很遗憾，没有关系。"伊丹抢着回答，"我们两个都是老土的机械领域出身，而且是因为受不了公司的环境才跑出来的。对吧？"

他看着岛津征询意见。

"嗯，是这样。老实说，相比待在帝国重工，还是这边更开心。"

[①]两种读音都可以对应汉字"裕"，前者是典型的男性名，后者性别感较模糊。

岛津大方地笑了："虽然我们没有钱，有时候做事束手束脚的，不过我还是觉得比待在那种地方受委屈强多了。在这里辛苦是辛苦，但能做自己想做的东西，真的很幸福。"

她的话里带着真情实感，但不知为何，伊丹却皱着眉，像在压抑感情。或许对伊丹来说，帝国重工是一段不太愿意回首的过去。

"不管怎么说，今后才是关键。"伊丹把话题转了回来，"为山谷研发的变速器能否被采用，这关系到我们的将来。如果顺利，我们就能以此为契机，正式进入农机领域。农机市场虽然远比汽车市场要小，但相对的也少了跟大企业的竞争。像我们这种规模的公司，要想稳步成长，就得要进入这样的市场。"

"我明白，我们生产小型发动机也出于同样的理由。"佃说。

"我想问个问题，佃先生是怎么想到要做变速器的阀门的呢？"

岛津又抛来一个直白的问题。

"是为了避免将来的危机。"

"危机？"岛津脸上透露出疑问。

"对，危机。"佃决定不隐瞒，"如果我们还像以前一样，只生产小型发动机，肯定没有前途。然后我注意到了变速器这个领域。这么说可能有点那个，我的梦想是让公司转型为变速器厂商，只不过现在我们能做的只有阀门而已。于是我才请山谷的人间先生介绍贵公司认识。"

"那也就是说，贵公司将来有可能成为我们的竞争对手啊。"

伊丹探出身子凝视着佃，呆板的面容仿佛在生气。山崎和唐木田都紧张得屏住了呼吸。

"只是不知那会是什么时候。"伊丹又说道。

会被拒绝吗？

佃做好了准备，回了一句："届时还请您手下留情。"

"先不管将来，目前我们先把贵公司当成阀门厂商，这样可以吧？"

"当然可以。"佃回答道。

"既然如此，那就请您做阀门吧。我们很期待您的产品，对吧，阿岛？"

伊丹又转头征询岛津的意见。

"当然了，没有好阀门，就做不成好变速器啊。"

岛津爽快地说着，那样子跟所谓的"天才"相去甚远。

"对了，请问贵公司之前用的哪家的阀门？"唐木田问了一句。

"是大森的阀门。"岛津给出了劲敌的名字。前不久他们才听说山谷目前投入生产的变速器用了大森的阀门。

"这次会搞成我们跟大森阀门竞标的形式吗？"唐木田胆战心惊地问。

"是的。"伊丹理所当然地回答，"我们的变速器，除基本设计以外全部外包，所有零部件都以竞标形式选用。有时候还会变成国际竞标呢。"

这就是幽灵传动的商业模式。

"阀门这种东西，只要花钱花精力，就能做出好东西。只不过，光是好还无法满足我们的要求，成本和交货时间都比各位预想得更严格。能在保证技术水平的前提下满足这些条件可不简单，请问贵公司愿意挑战一下吗？"

"当然。"

佃没有退缩。管他有多难、多严格，不试试就打不开未来的道路。因此，只有接受挑战这一条路能走。

7

"好久没跟你吃饭了。"

这里是毗邻浅草桥站的小店,小包间只有不到五平方米。因为曾经是个茶室,还留着低矮的入口。

"多少年没来这里了呀。"

财前说着,拿起啤酒瓶,给对面上座的的场俊一满上了酒。他刚收回酒瓶,的场就也给他满上了。

由于是周五晚上,店里客人很多,坐在小包间里也能听到外面的喧闹声。

"我算过,有十多年了。你调动前我们来的那一次是最后一次。"

的场时常光顾这里,这家店由一对老夫妻经营,店门口的招牌上画着猪排饭,实际上别的酒菜也都很不错。的场之所以喜欢这家店,是因为离大手町远,不容易碰到熟面孔。另外从公司开车过来只要不到二十分钟,比较方便。

若是叫人一起来这里,那肯定是有秘事商谈。至少这次叫来财前是如此。

"对了,你现在的工作怎么样?"

啤酒喝完换上了冷日本酒,刺身拼盘也端了上来。听到的场的提问,财前暗暗绷紧了身子。

"托您的福,干得还可以。"

他回了一句不痛不痒的话,的场没有反应,似乎瞥了财前一眼,然后把酒杯往桌上"咚"地一放。

"说句老实话,你觉得我们能赢过海外吗?"

因为两人很熟,的场抛出了一个非常直接的问题。

的场俊一是下任社长的热门候选人，但他对星辰计划持怀疑态度——财前从各种途径都听到了这样的传闻，想必现任社长藤间也有所耳闻。的场能在下任社长的竞争中遥遥领先，一是凭借他无人能及的业绩，一是他拥有连藤间都无法撼动的靠山。

"还不到一决胜负的时候。"财前回答，"现在这个项目虽然无利可图，不过考虑到将来，这项事业还拥有多种可能性。若把眼光放长到十年、二十年，或半世纪后，我认为这项投资是必不可少的。"

财前坦率地说出了内心的真实想法，只是不知的场如何理解。

"好宏大啊。"他的语气很冷，"你的想法跟藤间先生的一模一样。"

说出藤间的名字时，的场的表情微微扭曲了。

"梦想、未来、大义，这些玩意儿说起来冠冕堂皇，脚下的成绩却惨不忍睹。说真的，往那种地方不断投入巨额资金有意义吗？我觉得完全没必要考虑十年后的事情，更别说半个世纪以后。我们必须正视的，最长也只是五年以后的情况。"

"的场先生……"财前平静地与的场对视，"如果现在放弃这项事业，那在宇宙这个广阔的空间里，我们就没有可以主导的东西了。这样有弊无利。假设日本这个制造之国，无法成为这项潜藏着无限可能性的事业的主要玩家，那么不仅是支撑该事业的技术和经验，连外包厂商的工作和未来也都要被夺走。这不是帝国重工的风格，帝国重工应该与日本社会同在，与国家同在。"

"你还是跟以前一样。"的场冷笑着斟了一杯酒，"我又不是说要完全撤出宇宙事业，只是说不搞火箭了。那种东西，给别人搞就好了。"

"这项事业只有我们能挑战。"财前坚持道。

"那个什么星辰计划，不就是成本上百亿日元的大型烟花嘛。"的场毫不留情地揶揄道，"去年发射了几架？五架？六架？"

的场再次戳中了痛处。拿发射实绩来比较，在众多竞争对手国中，日本，也就是帝国重工，成绩一直落后。

"你可能不愿意承认，不过在大型火箭领域，日本已经输了。"

他丝毫没有收敛起尖锐的态度，继续道："发射火箭需要一定的市场需求，可不管是气象卫星还是准天顶卫星，需求都十分有限。至少在我们国家，还不存在每年发射好几十架的生意。换言之，搞这项事业，就是要在世界范围内竞争为数不多的饼。而且这场竞争会让强者更强，弱者更弱。遗憾的是，目前日本宇宙事业所处的位置是后者。"

"不，日本的宇宙事业还有很多可能性。"

若此时认同的场的主张，一切就都完了。财前锲而不舍地说："首先，在发射成功率上，日本的成绩高于其他竞争国。其次，对大型火箭发射成本严格控制后，已经从十年前的两百亿日元压缩到了一百亿日元。发射费用的降低能够促进宇宙事业的进程，现在虽然还不明显，但随着今后进一步削减成本，一定会诞生许多新的商业需求。假如现在撤退，那就是直接放弃了潜藏在水面之下的巨大市场啊。"

"我就知道一提这个你会这么说。"

的场并没有被说服，他死死地盯着财前，问："你说的这个潜藏的商机，值多少？"

这是财前无法回答的问题。

"这我还不知道。但我可以肯定，商机一定存在。"

听了财前的回答，的场思索了片刻。

"如果一定要拓展宇宙事业，那么与其专注火箭发射，更应该发展衍生事业吧。"

"这个思路确实也对，只是我希望，届时无论往天上发射什么，使用的火箭都是帝国重工制造的。"

"你在这儿干了多少年了？"

的场再次拿起酒杯，换了个问题。

"十一年了。"

财前回答得有点迟疑，不知的场究竟想说什么。

"在藤间社长搞的星辰计划中，你的表现十分出色。不过，是时候换一换了吧？"

财前没能控制好表情的变化，因为他做梦都没想到的场竟会说出这种话。

"所有董事都认可你的成绩，认为你把星辰计划这个……怎么说呢，从某种意义上说荒唐无稽的计划推动到这一步，已经很了不起了。不过，现在是转向下一项事业的时机了，不是吗？"

的场的说法很温和，可既然能说到这份儿上，此事必定已做好了某些铺垫。

"其实不久前，我跟水原君谈了谈。"

宇宙航空部本部长水原重治是财前的直属上司。要在帝国重工这个庞大的组织中混到本部长这一要职，仅凭实力可不够，还必须是通晓企业政治的谋士。在这点上水原可与的场比肩，甚至是超过的场的战略家。

"财前啊，其实这件事本应由水原君亲自对你说……"的场双手置于膝头，换上了严肃的态度，"等时候差不多了——当然，还要再过段时间，你就离开现在的岗位吧。水原君的想法是，以准天顶卫星七号机作为你光荣退场的契机，我也很赞成。"

这项调动通知来得过于突然，而且并非直属上司水原开口，而是下任社长候选人的场亲自转达。看来的场早在心里确定了宇宙开发事业的方向，他这次叫财前来吃饭，不是为了听取意见，而是要通知决定。

财前难以抑制猛然涌上心头的种种感情，震惊、气馁、失望，还有——愤怒。的场对宇宙事业的不理解，几乎等同于否定他这十一年来的所有工作。

如果的场决定撤出火箭发射领域，那财前所有的努力和此前获得的成果就全都归于徒劳。不，这不是他一个人的事，帝国重工取得的所有技术经验、研究成果，以及参与其中的所有人和所有公司的努力都将遭到践踏。

"我只是组织中的一员。"财前说，"只要上面下令，我就服从。只是，能否请您重新冷静地评估火箭发射试验呢？"

"你是想说我很不冷静吗？"

的场的眼中没有了光芒，反而腾起阴暗的怒火。

财前不为所动，直视着的场的眼中只有暗影。

您不就是想否定藤间社长的功绩吗——然而，财前心里的想法最终并没有化为言语。

"不。"最终财前只说了这一个字，的场移开了视线。

对话就此中断，店里的喧闹声再次传进了两人所在的包间。

第三章　挑战与冲突

1

"伊丹先生，这次的变速器阀门，就请您多多费心了。"

角落里的餐桌旁，幽灵传动的伊丹与两个人相对而坐。

这里是位于荒木町的四川料理店，昏暗的照明映衬着白色桌布和生啤杯，显得氛围十足。

辛辣的前菜上完，等待下一道菜的时候，对方点了常温黄酒，然后将小巧的酒单放回墙边。

"哪里哪里，应该是我们期待贵公司的优质阀门才对。"

听到这样的回答，那个人——长着一张细长鞋拔子脸的莳田——目不转睛地注视着伊丹，说道："那可不行啊，伊丹先生。您得答应我。"

说着，他在服务员拿来的三个酒杯中倒满黄酒，把其中一杯推到伊丹面前，另一杯放到旁边的年长男人面前，最后那杯给了自己。

"辰野部长，您也说一句吧。"

旁边那个人煞有介事地点了点头。

"伊丹社长。"

辰野嗓音粗哑，他是大森阀门的营业部部长，一张脸因常打高尔夫球而晒得黝黑。他向伊丹发问道："您该不会想把阀门也拿出来招标吧？"

"本公司的基本政策就是招标啊，还请两位多多担待。"

伊丹寸步不让，对方稍显气愤。

"T2的阀门合作不纳入考量吗？贵公司和我大森阀门已经建立起合作伙伴关系了吧？"

"那是当然，贵公司为我们提供了许多优质阀门，这点我深表感谢。只是，这次的项目完全不同，还请谅解。"

伊丹低下了头，三人陷入尴尬的沉默。

"贵公司的基本政策我懂。可是T2之所以能被爱知汽车采用，还不是因为我们的阀门吗？再说，除了我们家，谁还能做出那种高性能阀门？别人的东西无论品质还是成本都不如我们，根本派不上用场，不是吗？"

"派不派得上用场我不确定，不过大森阀门的产品的确首屈一指。"

辰野理所当然地笑了一声。

"伊丹先生，在阀门这方面啊，我们的技术可是世界一流水平。不，甚至可以说是最高水平。这次我们也会努力的。不管对方是谁，只要我们决定要合作，就绝不会偷懒，跟贵公司的合作也一样。所以，您大可以现在就决定采用我们的产品啊。"

"您这么说真是有心了，不过我这边已经有了竞标企业。"

"竞标企业？"辰野皱起眉，"是哪家？"

"大田区的佃制作所表明了参与竞标的意向。虽然那边是头一次制作变速器阀门，不过我打算看看样品再做定夺。"

"佃制作所？"辰野看向旁边的莳田，"你知道吗？"

"不知道。"

莳田摇摇头，辰野略显烦躁地看向伊丹。

"我可不觉得随便什么企业只要举个手就能投标啊。"

"当然，这我也清楚，不过佃制作所是山谷那边介绍过来的，我也不能贸然拒绝。"

因为是客户介绍的公司,所以无法拒绝。伊丹给出的这个理由恐怕所有生意人都不得不接受。

"如果是阀门界有一定技术实力的公司,我们不可能不知道。"辰野是个强势的人,"评估那种公司的产品只是浪费时间和金钱,您还是赶紧放弃吧。"

"算了,算了,您这是何必呢。"伊丹温和地抬手安抚辰野,"我很清楚大森阀门的品质,评估会绝对公正,不会有暗箱操作。这样不就足够了吗?"

辰野直视着伊丹,仿佛想看透他的心思。

过了一会儿,他无力地转开视线,轻声笑了笑。

"没错,这样就足够了,只要您能公正评估,我们的阀门就肯定不会输给那种默默无闻的公司。"

"我十分期待。"

伊丹拿起黄酒瓶,给辰野斟满。

2

山崎用内线把佃叫到三楼的技术研发部,佃上去就看到拆散的变速器。零部件整齐地排列在地上,研发部成员都拿着笔记本站在旁边,边记边打量那些零件。

"这是凯马机械的变速器吗?"

凯马机械是一家大型变速器厂商。

佃问了一句,山崎马上过来给他看放在一块满是油污的布上的零件。

"这是那个大森阀门的,很有意思。"

佃接过阀门仔细观察,然后瞥了一眼角落里的检测仪器,问:"检测过了吗?"

立花洋介把打印出来的检测结果递给了他。

"原来如此。"

佃看过上面的数值,重新打量了一会儿阀门,然后道出自己的看法。

"这东西比我想的小,而且比外表看起来的轻。瓣叶的配置和游隙的关系应该很有特征。你们查查有没有专利吧。除了阀门,这个阀体也是大森阀门的吗?"

阀门并非单独存在的部件,而要组装在具有复杂油压回路的阀体中运作,两者综合起来称为控制阀,也就是汽车等机械进行换挡变速时进行油压控制的必不可少的零部件。

"如果只是阀门单体,性能方面我们应该能达到……不过拓展到整个变速器,那就有点困难了。比如弹性变形这样的难题,多如牛毛。"

说话的人是加纳亚纪。立花和亚纪是佃制作所参与的人工瓣膜高迪计划的研发负责人,不过在该项目进入临床试验阶段后,两人又回到了火箭发动机的阀门研发小组。

佃把阀门放回去,又拿起脚下的一个齿轮。"素材应该是耐高表面压力齿轮用钢,亚纪说得没错,就算是这种高性能的钢材质,要预测其弹性变形也极为困难,因为会引发弹性变形的原因很多。不过也有对我们有利的部分,比如这个磨齿,"磨齿是指对齿轮的研磨加工,"光靠研磨精度就能拉开相当的差距,这是我们擅长的领域。另外我们在各种素材方面也有一定的经验,弹性变形虽然棘手,不过就回本速度和稳定性来说,我们应该有些优势。"

佃看着周围的下属,语气随意地说:"你们说,不花功夫就能做出来的东西能有啥价值呢？哪怕是经验丰富、知识完备的人，也要下苦功、费脑子，这样才能做出好东西啊。只是那种简单的玩意儿，就算做出来了我们也不会太高兴，对不对？所以我们要做就做大的，做那种能让我们引以为傲的东西，好不好？"

立花低头交抱双臂，嘴角扬起。

其他员工要么忍着笑意，要么一脸木然，还有的人假装没听见，埋头打量拆开的零部件。不过现场已经出现了一种气势，所有人都在做准备迎接即将到来的新挑战。

"挑战的第一步，就是把这个阀门做出来。好了，该交给谁来做呢？"

佃轮番注视在场的所有人。

"要是没人自告奋勇，我倒是挺想做的……"佃说。

"那可不行。"山崎在旁边笑着制止，"社长总是独占最肥的差事，这次换我来。"

这时，一个人举起手，让现场氛围发生了难以言喻的改变。

"能让我来做吗？"

蹲在地上查看变速器零部件的人中有一个站了起来，他留着一头长发，目光锐利，给人感觉像匹精瘦的狼。

轻部真树男。

他是佃制作所的中坚工程师，也是个常常被人议论的人物。

"跟变速器有关的，应该没人比我更擅长了。"

轻部说完，又看着周围目瞪口呆的同事，问了一句："对吧？"

"阿山，你觉得轻部怎么样？"

晚上，佃把山崎叫到附近的居酒屋。山崎闻言放下了筷子。

"那家伙真的没问题吗？"佃担心地确认。

"我觉得没问题。"山崎直视着佃,这样回答道,"那家伙也不能总这么低迷啊。"

"那倒是,可他上回搞砸了啊。"

"您是说跟上岛那件事吗?"

研发"斯特拉"的时候,此人跟年轻员工上岛友之大吵了一架,还差点儿动起手来,最后是周围的人慌忙把他们拉住了。

"对啊,说起来社长当时也在场。"山崎苦笑着说,替轻部辩解道,"那家伙就是不够圆滑,性格就那样,无法温和地对待新手,可能也放不下架子吧。平时大大咧咧,嘴巴又毒,觉得下面的人在提问题之前应该自己先查清楚,还很有理,说自己就是这么成长起来的。但现在有些年轻人的想法是,既然你知道,就告诉我呀。"

"这没办法分谁对谁错啊。"

真的很难办。

"但他人并不坏。上岛可能不知道,他为手头的工作忙得焦头烂额时,轻部在背后帮了不少忙。有很多要交给上岛的琐碎工作他都自己处理掉了,甚至那次大吵一架之后也是。你别看轻部那样,其实也有不少优点。一个这么不圆滑的人主动提出想做,我个人是挺想交给他的。"

"原来如此。"佃叹道,"不过,这家伙这回怎么突然主动提出要做呢?"

"他来我们这儿之前,在台东工程研发过变速器。可能觉得自己是公司里对这方面最熟的人吧。"

轻部入职七年了,山崎不说佃都忘了。

"嘴笨,不擅长与人相处,因为这些,轻部以前受过不少委屈吧。这次对他来说应该是千载难逢的机会。"山崎郑重其事地对佃低下了头,"社长,求您了,这家伙虽然不好对付,不过能请您让他做这个吗?"

"情况我都清楚了。"

佃的回答让山崎松了口气。

"不过,问题在于要他跟谁组队。像上岛那种认真过头没玩心的性格,肯定会跟他闹矛盾。最好是开朗一些、活泼一些的人吧。"

此时,佃的脑中浮现出两个人的脸。

3

江原会不时组织以年轻员工为中心的聚会。这天参加的人数比往常都多,想必跟昨天刚发工资很有关系。

地点在蒲田站附近他们常去的烤肉店二楼。

"我是外行,不太清楚,但是让轻部先生上真的没问题吗?"

财务部代理课长迫田提出了疑问。

在早晨召开的早会上,轻部真树男被任命为面向幽灵传动进行阀门组件研发的小组组长。

"这个嘛……"

抱着胳膊嘟囔的是今天早会上跟加纳亚纪一同被编入轻部小组的立花。"假如是佐伯先生来当组长的话我会特别放心,但轻部先生,我没怎么和他合作过呢。"

"话说,立花和亚纪一直被使唤得很惨啊。"制造管理课的川本浩一说道,"'高迪'好不容易走上正轨,这回又要搞变速器。你们是公司的螺丝钉,哪里需要哪里钉吗?"

"我觉得无所谓啊。"亚纪生性开朗,大大咧咧,"接触新事物可有意思了。做人工瓣膜时认识了那些等待瓣膜的孩子,是我最宝贵的记忆。我觉得这是做火箭阀门得不到的经验。这次的工作我虽然不晓得轻部哥合不合适，不过应该挺有意思的吧。"

"我倒是觉得立花和亚纪去做这个一点都不奇怪。"江原说，"只是这次的工作有可能左右公司的将来，说句实话，我觉得将如此重要的任务交给轻部先生会不会太那个了……"

"毕竟轻部先生最近有点消沉。"

说话的人是本田郁马，他跟立花是同部门同事，入职以后一直坚持在阀门系统研发岗位上，是个做事硬派的研究员。"社长可能也是秉着父母之心替他着想，希望他能做出点成就来。"

"父母之心能做出阀门来吗？"迫田再次提出疑问，"这次不是搞投标嘛，对手还是大森阀门，让轻部先生来做组长……这……"

"不试试怎么知道结果啊。"面对迫田接二连三的质疑，亚纪一脸认真地反驳道，"能不能不要在动手做之前就用有色眼镜看人啊，我们马上就要开始做新的东西了，你应该更温柔地守护我们才对呀。"

"那是因为你不太了解轻部先生。"技术研发部的上岛煞有介事地说道。他隶属发动机研发小组，在研发新型"斯特拉"时跟轻部组过队，负责燃油喷射系统。

"他说话丝毫不客气，态度高高在上，找他问问题从来得不到认真的回答。他可能觉得那算是在教育下属吧，可我们都头疼得不行。那位大叔虽然是一名优秀的技术人员，但完全不适合团队合作。"

"你们两个经常对着干吧？"本田想起了往事，说道。

上岛皱了皱眉，然后拍拍立花的肩膀，道："算了，你们就加油干吧，做个让人大吃一惊的好阀门出来。"

最后这句话他有意模仿佃的语气，但是没有人笑得出来。

4

"最近我在想,时间这种东西,随着年龄的增长好像会越过越快啊。"

水原重治举着白葡萄酒杯,眯起眼睛,陷入了沉思。

财前虽然在这个人手下干了很长时间,却仍猜不到这种时候他究竟在想什么。

财前此刻凝视的,想必不是经常光顾的这家店的墙壁,而是水原内心深处摇摆的思绪吧。

"总之就是白驹过隙,岁月如梭啊。在这么短暂的时间里,我们被公司塞进各种各样的要求,为此奔忙,还好幸运地获得了一定的成果。"

水原专注于墙上的视线突然跳到财前身上。

"是啊。"财前含糊地应了一声。

用禅问一样的对话把对方绕进云里雾中,这是水原的惯用手段。不过今天晚上他的话语中似乎饱含真实的感慨。

财前已经知道水原今天请他吃饭的原因了。

水原也知道财前心里有数,所以这番话只是进入正题之前的"铺垫"。

"最后一台八咫鸦的发射期定在下期末,是吗?"

水原自言自语似的说了一句,侧过脸去沉默了片刻,随后缓缓转过脸来,看向财前,说:"这样就够了吧?"

"八咫鸦"是号称日本版GPS的准天顶卫星系统,由帝国重工的大型火箭发射升空。预计发射七架,能将全日本境内的定位误差缩小到仅仅几厘米。

财前没有说话,水原继续道:"藤间社长的星辰计划难点重重，能让这个计划走上正轨，你的功劳最大。但尽管如此，我们都是组织中人，财前啊，无论工作内容还是地位，都不能一直停留在同一个地方。只要是组织中人，无论什么样的使命，总有完结的一天。这种事情其实不需要我向你解释吧？"

水原说完，郑重其事地看向财前。

"财前，发射完'八咫鸦'七号机你就光荣退场吧，是时候走向新世界了。"

简而言之，这就是给足了面子的调岗内部通知。跟的场吃饭还没过去一个月，在财前看不见的地方就已经在为新任社长铺路了。

"如果这是您的决定，我当然会遵从。"

接着，财前向水原提出了一直积压在心中的疑问。

"本部长，您真的打算从此缩小大型火箭发射事业吗？"

假设的场不同意继续推进大型火箭研发项目，那么作为统领星辰计划核心部门宇宙航空部的水原，其地位也绝对谈不上安稳。

水原的目光一沉，仿佛在双眼前拉上了卷帘门，让外人再也读不出任何感情。他的视线在包间里缓缓游走。

过了一会儿，水原发出了几乎听不见的沙哑声音。

"我恐怕也会离开这个计划吧。不仅是我，大多数参与星辰计划的人可能早晚都要离开大型火箭研发现场。届时，宏伟的梦想便告终结，只剩下伤兵残将充当梦的印记。"

水原平日很少流露感情，此时却道出了明显的不甘。

"但是财前，你可不要误会了。"水原加重语气补充道，"你的调动跟方针变动没有关系，这完全是为你的事业着想。"

他这么说可能是想表明调动并非受的场的影响，但这句辩解听来显得有些廉价。

"在事业开创途中放弃吗?"财前问道。

"那你说说,还有几年能走到终点?"水原反问,"三年,还是五年,或者十年?宇宙开发是场无边无际的战斗,无论哪个方向都没有终点,因为宇宙是无界限的,这个领域的竞争也会无限持续下去。我们这些员工的纠葛,跟浩渺的宇宙相比,连尘芥都不如。"

水原又使出了他最拿手的迷魂话术,财前不禁苦笑,同时又不得不认同他的话。

5

车子顺着东北道一路行驶,开了一个半小时才到达枥木市内的医院。

病房是四人间,殿村走进去时父亲正弘坐在入口右手边的床上,呆呆地看着天花板。他没看电视,也没听广播,被子掀着,盘着瘦弱的双腿,皮包骨的双臂交抱。殿村看到父亲这个样子,感觉比印象中的他老了十岁以上。

"感觉怎么样?"他打开床边的折叠椅坐下,低头看着父亲问。

"也就那样吧。"父亲没好气地回答。

将近两个月前,父亲因为心肌梗死被送进来接受紧急手术。术后恢复良好,就出院了。可是后来又有血管"转灰",不得不再次入院,并于昨天接受了植入支架的手术。本来做完手术只需观察一天就能出院,但考虑到他七十八岁的高龄,院方便让他再在医院多待一天。

"地里怎么样,没啥事吧?"

殿村刚一坐下,父亲就问了起来,惹得儿子翻了个白眼。

"我住院前去看了一下，地里长了雀稗，能除掉吗？"

雀稗是生长在田埂等位置上的杂草，很难对付。

殿村叹了口气。

"我也看见了，回去就除草。"

父亲不喜欢用农药，从来都是手动除草，在这么热的天做除草作业可不轻松。就算出院了，也不能让父亲来做。

"你智叔也忙得很，咱开不了那个口啊。"

智叔指的是殿村家的邻居北田智宏，同样是水稻种植户。他跟殿村的父亲正弘打小就是朋友，长大了两人成了无拘无束的酒友。

"有困难就互相帮助嘛，上回智叔出了事故，还不是我们家帮忙照顾的。"

"那都多少年前的事了。"

殿村的父亲似乎想说那之后又老了多少岁了。

"你智叔跟我都不年轻了啊。当时我都是靠着一股劲儿来兼顾他家，现在要智叔帮忙，可能太为难人家了。"

殿村很明白父亲对农田的用心，不由得心里一紧。

"要是我能全部照顾到就好了。"

"你已经尽力了，能做的都做了，我心里很感激。"

这样的话殿村从未听父亲说过，一时无言以对。父亲竟对自己道谢，这是十分示弱的举动了。

"你智叔和我都会越来越老，等老得干不动了，就该隐退啦。"

三百年的农户，到父亲这辈是第十二代，殿村是第十三代，如今却到了家业可能中断的关口。

虽说术后恢复良好，但毕竟是心脏问题，父亲出院后恐怕也很难像以前那样劳作了。他放弃农耕的时刻，就是殿村家的家业落幕之时。

"虽然我们家代代都务农，不过现在跟以前可不一样啊。"父亲说，"靠种田很难过活，所以我才送你上了大学。咱家放弃务农不是你的错，这是我的决定。"

殿村心里清楚，这番话是父亲对自己说的。

其实父亲也想让家业继续下去。

父亲平日里最快乐的时刻，就是干完农活抱着一升瓶去找智叔喝酒。有时智叔也会带着酒来家里找父亲。

两人的话题总是跟稻米有关。

先从土地、肥料和天气开始，聊到彼此的农机性能和新引进的农耕方法，再到各自田里的水稻发育情况，怎么聊都不会腻。

父亲并非生在农家所以务农，而是喜欢务农才选择了务农。

如今躺在病床上，他脑子里想的一定也还是家里的那些农田。

"现在这个状态，今年能有收成吗？"父亲咕哝道，"就算有收成，明年可能也干不下去啦。"

殿村不知该说什么好。

我会替你干的。他很想这么说，但是不行。因为殿村没有选择务农，而是选择了公司职员这条路。他曾经是银行职员，现在则是佃制作所的财务部主管，肩负的工作还比较重要。

"我会尽量帮忙的。"

他刚说完，父亲就露出了有点悲凉的笑容。

"别胡闹了，你有你的工作，只要在本职工作上拼命就好了。种地不是你的工作，而且你也不行。"

"怎么会不行。"

被父亲这么否定，殿村忍不住回了嘴。

"稻子可不是抽空就能种好的东西。"父亲断言道，似在慨叹殿村对农业的无知。

"你当你的白领就好了。"

父亲虽然这么说，可殿村感觉他其实省略掉了"你也只会当白领"这后半句。事实上，现在殿村能做的农活也就只有开着拖拉机翻一翻休耕田和荒地，再就是拔一拔草了。

他之所以感到心痛，是因为自己当白领的人生之路也算不上成功。

父母供他上大学，让他进了知名银行白水银行，到此为止还算可以。只是殿村适应不了那家银行的氛围，每天为达成营业目标忧心忡忡，还要看着上司的脸色做事。银行的组织逻辑也让他难以适应，他本想努力帮助遇到困难的公司，最后却落得抽中下下签的下场。"这人可惜了。"同期的同事纷纷往上爬，而殿村年过四十却依旧只是个课长，然后在同期中最早被外派了出去——到佃制作所。

他原本就不擅长处世，性格死板又胆小，连句奉承话都说不出来，笨拙得会让周围的人气愤。说到底，他根本就不适合在快节奏的金融社会生存。

拥有三百年历史的农家屈指可数，与之相比，白领人士殿村直弘的履历却毫无价值与意义，宛如生在田埂上的一根杂草。

"我拿不出什么来报答您的恩情。"回首自己的经历，殿村忍不住喃喃道。

"你只要健健康康的，就是最大的报恩了。"父亲说道。

殿村年纪不小了，不会把这句话当真，只能强忍着心中不断漫延的苦涩。

第四章　高迪的教训

1

"怎么样?"

立花问了一句,正在检查图纸的轻部却许久没有回答。

此时是下午四点多,一脸疲惫的轻部正死死盯着屏幕上的阀门设计图。

过了一会儿,轻部瘫在椅子上,说:"嗯,这个嘛……我感觉已经解决了对方要求的结构问题,可是这个样子发挥不出多少性能吧。"

他道出了真实的感想。

"那是为什么呢?"亚纪问道。

"因为结构上存在太多冗余。电磁阀部分的设计主要着重在稳定性上面,对吧?"

"对,我觉得变速器的稳定性比较重要,就尝试了这种设计。"

听了立花的回答,轻部想了想。

"这样的话,流入的吸力就太低了。"他指出,"还有这个素材……"

轻部吐了口气,看向立花和亚纪两人,继续道:"我觉得这个阀门会很吵。"

"啊?"

立花觉得很意外,惊得张大了嘴。

"是指声音大吗?"

"没错，声音大。"轻部回答，"应该会挺响的。不过反正是用来种地的，发动机也会有声音，要是用户不介意，我也没话说。只是阀门整体的静音性很成问题，至于要怎么解决嘛……"

轻部陷入了沉思，立花和亚纪则以惊讶的目光看着他。此人虽然嘴巴毒，态度也不好，不过作为技术人员，实力却一点不掺假。

过了一会儿轻部说道："不如改良一下结构，装个树脂部件看看？啊——把大森阀门的产品拿给我看看。"

立花拿起旁边桌上的阀门递过去，轻部打量着屏幕上的设计图，拿起阀门掂了几下。

应该是在估重。

"按照这个设计图，做出来的产品会比这个还重。"

立花吃了一惊，跟亚纪面面相觑。

轻部把手上的阀门还给了立花。

"大森阀门的产品表面是一层钢制薄片，内部构造可能使用了铝合金，所以才会比看起来得要轻很多。"

"没错，应该是 A2017。"立花说。

轻部点点头，道："立花，你是故意把东西做重了吗？"

"我不是想把它做重，只是觉得可以稍微提高刚性。"

"那就得牺牲轻量化，还会影响油耗，更别说环保方面了。"

"环保"这个词从轻部嘴里说出来显得很奇怪，但他的话并没有错。

"这方面的掌控很困难，得做出几种模型来比对。要找到最适组合恐怕得花点功夫。"

"静音性和轻量化……"亚纪长叹一声，"我怎么感觉眼前竖起了一面高墙。"

"我也是。"立花一脸凝重地重新审视设计图。

"本来就不可能简单啊。"轻部瞪了两个年轻人一眼,"我们社长不也总说,这种事,只能没日没夜地钻研。"

"没日没夜……"

这么说来,佃几年前确实说过这样的话,是研发人工瓣膜的时候。

"还有一点,要多点原创性。"轻部说,"在这个阀门上感觉不到你们的特色。"

听了轻部的话,两人愣住了。这也太打击人了。

"那个,轻部哥。"亚纪小心翼翼地开口,"你说的原创性,要怎么搞啊?"

"这种事别问我,自己去想。思考这个不是你们的工作吗?"轻部在关键之处把他们扔下了。

"话是这么说,其实轻部哥自己也不知道吧?"亚纪狐疑地说。

"就你啰唆。"轻部一脸凶相地瞪着她,"总之给我重做。"

轻部说完就关掉了屏幕上的设计图,亚纪耸了耸肩。

两个月前,小组内部决定由立花和亚纪负责设计阀门本体,轻部来设计搭载阀门的阀体。不过轻部好像也遇到了瓶颈,至今还没有完成设计。

他因工作上的不顺而感到烦躁,这种情绪也渗进了检图评语里。

"重做啊。"

立花叹息着回到座位上,亚纪也跟了回去,从刚才被指出的要点重新审视设计图。

"原创性。"立花嘟囔道,"我们的原创性,这到底是什么意思?"

"不知道。"亚纪应了一声，随后看了一眼背后的轻部，"其实轻部哥也在发愁同一件事吧，所以他才回答不上来。"

2

"变速器小组的进度怎么样？"殿村问了一句。

"前路还很长啊。"佃毫不遮掩地回答，然后对正好掀帘子走进来的山崎抬了抬手。

几个人约在公司附近经常光顾的居酒屋，围坐在角落的座位旁。

"辛苦了。"

等山崎的生啤端上来，佃举起了酒杯。

"我刚跟轻部他们聊了聊。老实说，没什么进展。"山崎紧紧握住酒杯，用力吸了口气，"立花和亚纪很努力，只是轻部好像不是那种喜欢手把手指导的人。"

"叫他们自己想吗？"

因为在场的人是山崎和殿村，佃也忍不住敞开了说。

"那样年轻人可不会跟随他啊。虽然那家伙不是坏人，但底下的人肯定会忍不住对他说三道四。他太不擅长搞好人际关系了。"佃评价道。

"他就是那种老式职人。"山崎无奈地叹息道，"不过那家伙自己的课题也遇到困难了。"

"轻部君的课题是什么？"殿村问。

"是阀体。简单来讲就是用来装立花他们做的阀门的东西。"

光听佃的说明，殿村好像还不太明白。

"就是这样的。"

山崎拿起手机找到一张照片。看到图片上如同蜂巢横切面的复杂回路，殿村抿起了嘴。

"这可太复杂了。"

"不仅复杂，还到处都是其他厂商的专利网。"山崎说，"要避开已有的专利设计新东西，是极为困难的工作。"

"轻部君怎么说？"

"他也不找我们商量，每天闷头盯着电脑。"山崎似乎也体会到了找不到答案的焦虑，长叹了一声，"我跟他打过招呼了，那家伙每次都说让他再想想。"

"真拿他没办法。"

要如何让一个把工作完全捂在自己心里的员工，尤其是轻部那种人敞开胸怀，佃也有点没头绪。

"那家伙就是倔强和自尊的超合金。不过，就算他真的来问了，我也没自信给出好的建议。"

阀体构造是唯有曾经参与过变速器设计的轻部才能解决的专业领域。

"我也不是不明白他的心情，只不过，这并非轻部君一个人的项目啊。"殿村说出了身为财务主管的合理见解，"我觉得把公司的将来放到一个不知道在烦恼什么的黑盒子里，有点悬了。"

佃觉得殿村说得一点没错。

"阿山，明天你就跟轻部谈谈，把目前的看法整理一下吧。"

"不好意思，让大家费心了。"山崎应道。

佃点点头，换了个话题。

"对了，主公，你老爸身体情况怎么样？"

"托您的福，第二次手术也平安结束，现在已经出院了。不过他还有段时间不能回去工作呢。"

夏天已经过去，不知不觉就来到了收获的季节。邻居们都去帮忙了，殿村夫妇这周末也准备回去帮忙收割。

"主公，那你这不是一直都没有休息了吗？"山崎担心地皱起了眉，"身体能受得了？"

"只要把稻子收割完，接下来就是农闲期了。"

他仿佛在劝说自己，实际已难掩疲惫。看来不仅轻部，他们眼前也有一个正在战斗的人。

"你别怪我多管闲事，我就想问问，能给周围的农户付点钱，让他们帮忙吗？与其让不熟练的主公周末跑去干，那样其实更有效率吧。要是连主公都倒下了，我们可真的会头大。"山崎说道。

"我们拜托过了，不过没有那么顺利。"

好像有局外人难以想象的内情。

"周围的农户也都是跟我老爸一样年纪的老人。倒是也有继承了家里农田的年轻朋友，可是一打听，到处都忙不过来，我就实在不好开口了。我母亲也做不来力气活儿，最后就只能我来干了。"

殿村是家里的独子，没有能分担工作的兄弟。

"如果只是简单的作业，跟公司里的年轻人说说，他们周末可能很愿意去哦。"山崎提议道。

"啊不，还没到那种程度。"殿村婉拒了，"其实我跟我老爸心里都清楚，总有一天会遇到现在这样的情况。如果他身体恢复不过来，就算今年能熬过收成，来年也很难了……总而言之，现在马上就要收稻子了，坚持过去就行了。"

"主公，你要放弃家里三百年的营生吗？"

佃郑重其事地问了一句，殿村脸上闪过了片刻的悲怆。

"对，到老爸这一代就结束。"他斩钉截铁地说完，嘴唇抿成了一条直线。

他的态度如此决绝，让人看着都忍不住心疼。佃能体会殿村藏在心里的不甘。

3

"下周就会送上我们的样品，届时请多关照。"

幽灵传动充满怀旧气息的会客室里，大森阀门的负责人莳田行了一礼。

"投标截止期还早，可能要请贵公司等到那个时候。"

负责采购的柏田宏树似乎因这异乎寻常的快速交货而手足无措，偷瞥了一眼旁边的上司堀田文郎。

如此提前交货，这背后可能别有用心。柏田宏树之所以这么想，是因为他非常了解大森阀门这家公司的业务习惯。

"其实用不着等待竞标的结果吧？"

果然，莳田好整以暇地看向堀田，继续道："这个阀门是我们的自信之作，只要堀田先生看看，肯定能当场通过。"

"请等一等。"堀田抬手打断了他的话，"毕竟是竞标……"

"这我当然知道。"莳田露出目中无人的笑容，"可是啊，咱们就不要白费功夫了嘛。"他从公文包里拿出一个文件夹，放到堀田面前。幽灵传动是大森阀门的客户，本来应该是客户强势，但两家公司规模相差较大，在商务合作方面也经常主客颠倒。

"这是我们研究所制作的评估文件。贵公司的招标评估都是委托汽车研究院那边来做的，对吧？反正到时候会得出同样的结果，我就先交给您了。"

他们先行做好了这款控制阀门的评估总结。

柏田也凑过来跟堀田一起看了几眼，马上被上面写的规格惊到了。

"怎么样，很不错吧？"

大森阀门的目的是架空竞标，而这份文件上的数字的确足以成为他们自信的来源。然而——

"这个阀门非常棒。"堀田浏览了一遍文件，淡淡地回答，"但竞标是本公司的经营原则，还是请贵公司等到预设日期。"

莳田脸上没了笑容，明显不高兴地沉下脸来。

"我们的竞争对手不是个头一次制作变速器阀门的公司吗？"莳田不屑一顾地说，"那种公司跟我们有什么好竞争的？我劝您还是别搞什么招标了，节省一点成本吧，反正送去汽车研究院做评估，结果也没什么不同。"

"不，让佃制作所参加竞标是山谷那边的推荐，伊丹应该也向您解释过了。"

莳田无视了他的话。

"如果能现在定下来，价格方面我们还可以再优惠一点。"莳田凑上前去压低了声音，"性能如此优秀的阀门别家不可能有，而且我们还为贵公司的'T2'生产阀门，不是拥有良好的信赖关系嘛。那个什么佃制作所，恐怕是个连量产体制都没有完善的公司吧，这种情况还能叫竞标吗？"

"您的心情我理解，但还是请您耐心等待。"堀田早已习惯了这种交涉，因此毫不退让，"投标日程的设置是以山谷的新型拖拉机研发日程为准的，就算现在定下来，项目真正开始也还是要等到来年。反过来说，就是不需要贵公司如此迅速，可以拿回去再多检验检验，万一到时候又要变更设计，贵公司不就要费两次功夫了吗？"

"怎么可能变更设计。"莳田不服气地说,"我们在技术方面很有信心。"

随后他突然把手拢到嘴边,仿佛要说悄悄话。"我们那边的辰野一直吵吵着让我把事情敲定,能麻烦您行行好吗?惹他生气了可不得了。"

他虽然没说到底会有什么麻烦,不过堀田多少能理解,那个"麻烦"不是针对莳田的,而是针对幽灵传动的。说白了,这就是婉转的威胁。

堀田实在忍无可忍,他做了个深呼吸,说道:"不好意思,请问您调查过佃制作所的情况吗?"

"我知道他们不是做变速器的,这就够了。"

莳田仿佛想说,干吗去了解他们呢?

"佃制作所确实没有生产过变速器阀门,而是一家十分优秀的小型发动机厂。但帝国重工的大型火箭发动机上使用的阀门系统,是佃制作所自主研发并生产的。"

"帝国重工?"莳田脸色变了,"您怎么不早说呢?"

他咂了一下舌,当即拿起手机往公司打了电话。

"啊,不好意思,刚才那个给幽灵传动的阀门,麻烦你马上停一下。哈?够了,赶紧给我叫停!辰野部长那边由我来说。拜托了。"

莳田冲着电话吼了一会儿,一脸苦涩地结束了通话。

4

究竟对着屏幕上的图纸看了多久呢?

她感觉不到时间的流逝,听不到周围的声音,也感觉不到饥饿。当她从思考的丛林里回到现实世界时，竟是前所未有的舒适与充实。

亚纪坐在佃制作所三楼，技术研发部自己的座位上。墙上时钟指向晚上七点，让她吃了一惊。原来已经盯着设计图看了将近一个小时。

"怎么样？"

听到立花问，亚纪先轻轻做了个深呼吸。随后她又一次沉浸在机械的结构之美和让人心跳不已的知性冒险中，心中有各式逻辑和情感在翻滚，最终她说出来的是——"我觉得很棒"。

这个表达平凡得让她有点痛恨自己的词汇贫乏。

"赶紧照这个制作样品，看看静音性和轻量化能达到什么水平吧。我对这个阀门真是越看越喜欢。"亚纪补充道。

立花露出了略显失望的表情。

"听到你这么说我很高兴，可总感觉不太够啊。"他呆呆地说着，双手抱着后脑勺。

"不太够？"

"原创性。"

立花盯着天花板沉默了一会儿。

"这个阀门，能称得上是我们的阀门吗？"

这句话并不是对亚纪说的，而是立花在自问。

"当时听轻部先生说完，我就一直在思考这个问题。我们的特色是什么呢？可是我越想越不明白自己究竟是谁了。我感觉自己就像个空盒子，是没有内容的。我也认为这个阀门很好，可是仅此而已——就是这种感觉。"

就在此时，昏暗中突然传来另一个声音，两个人惊讶地转过头去。

"你们说什么贪得无厌的话呢？"

技术研发部的员工们都回去了，整个楼层就这么一小块还亮着灯。本以为已经没有别人了，结果不知何时竟出现了一个人，而且好像一直在听他们俩说话。

是轻部。

"现在有个形状了，不是挺好的吗？"

"您还没回去吗？"立花惊得直起了身子问道。

轻部没有回应，而是慢慢走向自己的座位。他可能去吸烟了，身上散发着一股呛鼻的烟味。

"阀门的设计数据在共享文件夹里了。"立花说了一声。

"我看过了。"

对方懒懒地回了一句。

"您觉得怎么样？"

"不坏。"

这究竟是赞扬，还是字面意思的"普通"，立花难以分辨。

"您觉得有什么地方需要改善吗？"

"做得很不错啊。"

轻部扭着脖子，再次给出符合他性格的回应。

"什么嘛，真是的。"亚纪小声说着，把椅子转过来，看向轻部，语气尖锐地反问，"您那边怎么样啊？我们再不开始做样品可就来不及了。"

"不是就在共享文件夹里吗，你们没看？"

立花和亚纪忍不住对视一眼，然后慌忙去确认，发现轻部的设计数据确实传上去了，上传时间是三十分钟前。

"做好了不能说一声吗？"亚纪气愤地看向轻部，"我们一直等着呢，还要去做知识产权确认。"

"不用做。"

"什么不用做，您在说什么啊？"

亚纪一脸诧异，轻部却并不理睬，而是开始收拾桌子。

过了一会儿才说："我查过了，还跟神谷事务所确认过，没问题的。"

"那么多数据，您都自己查过了？"

亚纪瞪大了眼睛。

"嗯，我看你们很忙的样子。"

轻部说到这里，拽出放在桌子底下的背包，留下一句"我先走了"便往外面走。但中途又停下了脚步。

"那个啥。"他转过头看向立花和亚纪，犹豫了片刻开口道，"立花，你刚才不是问你们的特色是啥吗？想知道的话，就去看看你们做的'高迪'吧。"

立花和亚纪都不知该如何回应。轻部转过身，挥了挥手，走出了三楼技术研发部的大门。

"看看'高迪'……"

亚纪不明白他在说什么，气得鼓起了嘴。

"真是的，总说那种不明不白的话。立花哥，你知道他在说什么吗？"

立花看着轻部离开的方向，摇了摇头，然后转过去看着背后的照片。

"难道'高迪'的技术能应用到这个阀门上？"

他看着照片板，呆呆地自语。可无论怎么思考，他都想不到能有什么东西派上用场。"高迪"就是"高迪"，人工瓣膜跟阀门完全是两回事。

"你也别太在意了。"亚纪也开始收拾东西，边收边说，"我觉得轻部哥就是心理扭曲，看到好东西也没法直接夸它好。这个设计完全没问题，而且我觉得一点都不输大森阀门的产品。"

立花又想了一会儿，最后才似乎放弃了，只听见一声叹息。

"嗯，真那样就好了。"

5

殿村很久没跟稻本彰喝酒了。

两人约在一家开在一片农田中间的居酒屋见面，殿村从家走过来只要十分钟。这里酒菜都很不错，深受周围住户的喜爱。

殿村干完农活过来是六点多，店里已上座了七八成，有些热闹。稻本坐在一张古朴的手工桌子旁等他。

稻本是殿村的高中同学，后来就读东京农业大学，毕业后回到家乡继承家业，种植水稻。殿村很早以前就听母亲说，他是这一片地区农户的领头人物。

今天晚上这顿饭是稻本主动约殿村的，两人自十年前的同学会后就没再见过面。

"我听说你每周都要回来啊，你老爸情况怎么样？"

稻本不知从谁那里听说了殿村家的情况。这一带有很多世世代代定居于此的人，可能是从父母那一辈人那里听说的吧。虽然地域广阔，人际圈子却很小。

"嗯，算是稳定下来了。我原先还有点担心，好在发现得早。"

"太好了，我也挺担心的。"

稻本露出笑容，往殿村的空杯里倒满啤酒。此人体格健硕，脸晒得黝黑。

"谢谢。"

殿村还有点无措，姑且先道了声谢。虽是高中同学，但两人的关系不算亲密，平时见到了会说说话，但并不是会没事相约出来喝一杯的朋友。

这些稻本心里应该也清楚，所以今天应该是有事相商，只是殿村不知道是什么事。

"你家里的地怎么样？"

"拜托北田叔帮忙照看着，周末由我来负责。要是母亲能帮上忙还好，可是力气活儿太多，她岁数也大了。而且把老爸一个人扔在家里，万一出了什么事可不好，所以她也不能长时间外出。"

"很头疼吧？我很想帮忙，只是自己家那边也忙不过来。"

稻本很体贴，只是两人不那么熟，殿村不太好意思找他帮忙。

"反正快结束了。"殿村说道。

明天再干一天，应该就能完成收割了。后面的事情他正准备跟父亲商量。

"你老爸怎么说？"

稻本这么一问，殿村沉默了一会儿，说："他说明年还想再干一年。平时请邻居帮忙，我和老婆周末过来，应该能再应付一年。"

"这不是很麻烦嘛。"

对方说得如此直截了当，殿村一时不知如何回应。

麻烦是肯定的，只是如果不让父亲种地，他恐怕会失去活下去的动力。

"我是觉得，只要老爸想干，我可以陪他一年。"

殿村说这话仿佛是在安慰自己，说完还举起杯子喝了一口酒。远处有桌客人不知是从什么时候开始喝的，现在都有点醉了，在大声说笑。与之相比，他们这桌的气氛显得很消沉。

"确实，那么大一片地，多少年了都是你老爸一个人照顾过来的呀。"

殿村有点疑惑，不知他想说什么。

"殿村，其实我有件事想跟你商量——"稻本总算进入了正题，"我在想啊，要不要组建一个这一带农户的农业法人。现在我们有三个人，加起来共有三十町步的地，要是你老爸决定退休，能把你们家的地转让给我们吗？"

这请求来得太突然，殿村一时不知如何回应。

"要是你们明年还打算种，那就明年过后再说。你能考虑考虑吗？"

"抱歉，稻本，你说的转让，是要我们把地卖给你吗？"

"我们可以商量以什么形式转让。"稻本说，"我希望以每年交付租金的形式。"

殿村无法判断这件事对殿村家，以及对他父亲来说是好是坏、是赚是亏。

"我在这方面毫无经验，你先跟我说说吧。比如，你说的租金大概有多少？"

稻本很不好意思地报了个价，低得惊人。

"毕竟只是农田嘛。"

殿村不明白这到底能不能充当低价的理由。

稻本继续道："现在很多老年人认为，与其弃耕，让农田变成荒地，还不如租给别人耕作。"

"我不是很清楚这方面的情况，但是，能出个至少能让我父母吃饱的价吗？"

"虽说名头是农业法人，但我们其实捉襟见肘啊。"稻本说，"种稻子这种活儿，不是说有个十町步的地就能高枕无忧了。我虽然凑齐了三个人成立农业法人，可只有手头那些地，跟自己种地时没什么两样。如果不增加耕地面积，我们作为法人就无法生存下去。我觉得，加上补助金，大概也只够三家人勉强生活下去。"

可能农户合伙组成法人并不能马上增加利益吧，因为就算凑到一块儿，弱者也还是弱者。

"简而言之，为了增加耕地面积，你们正在四处收集高龄农户家的田地，对吧？"殿村总结道。

"正是这样，你能考虑考虑吗？"

稻本低下了头。

"嗯，我会跟老爸说说的……"

殿村并不怎么积极。如果接受了这个提议，父母的收入基本上就断绝了，只能靠一点点国民年金来过活。

"我想问你件事。"稻本双手放在膝上，表情一本正经，"殿村你准备继承家里的地吗？"

"不，这个应该不会吧。"

殿村的语气不算斩钉截铁，是顾虑到头上顶着的三百年农户的压力。

一想到三百年的历史到自己这一代便要断绝，他突然有点舍不得了。

"我是个白领啊。"他补充了一句，稻本煞有介事地点了点头。

"那你们打算雇个人来管理田地吗？"

"我还没听家里人提过。"

殿村有些被稻本那超过了热心的态度震住了。他不太明白农户的经济情况，对农业法人这一机制也不太熟悉。不过看样子，能否增加耕地面积好像关系到稻本他们的生死。

"殿村，你能想办法说服你老爸吗？"稻本说，"我不是要占有殿村家的农田，只是想请你们租给我们。这总比弃耕，让地荒着要好得多吧。请你认真考虑考虑，拜托了。"

在充满醉客喧闹声的居酒屋一角，稻本低下了头。

"老爸，你还记得稻本吗，我高中同学。"

第二天早晨，殿村向父亲提起了稻本。

"哦，作郎家的儿子嘛。"父亲看着斜上方回忆了一会儿，然后问殿村，"他咋了？"

"他跟几个朋友成立了个农业法人，说如果我们家的地不种了，能不能租给他或者转让给他。"

父亲勤勤恳恳种了五十多年地，这样说可能太单刀直入了。

"租给他？转让给他？"

父亲缓缓坐在厨房的饭桌前，面前是准备好了的早饭。母亲和殿村的妻子也在厨房。妻子咲子每周都会跟殿村一块儿过来，帮母亲做点家务。

母亲盛好饭摆在父亲面前。父亲虽然自称"半个病人"，不过食欲已经恢复得跟以前差不多了。

"哼！"父亲拿着筷子，先喝了一口汤，"说得倒好听。"

殿村其实已经预料到了，不过父亲的反应比他想的还要激烈。

"傍晚可能要下雨。"父亲马上把话题转到了收割上，"在此之前能收完吗？"

"嗯，应该没问题。"

"抱歉啊。"

说完，殿村换上工作服，戴起草帽，在脖子上缠了条毛巾。一开始他还觉得这身打扮有点奇怪，最近已经彻底习惯了。

"我走了。"

他朝屋里喊了一声，父亲高兴地回应道："去吧！"

虽然老人家口口声声说做到自己这一代为止，但看到儿子帮忙干农活，心里还是很高兴。

"小心啊。"

母亲和咲子把他送到门口。

殿村来到田里，看到成片的稻穗在凉爽的秋风中摇动。雨可能会来得比父亲预测的早，因为风里带着沉重的湿气。

6

"你们来一下好吗，说说上回的样品。"

阀体设计完毕几天后，立花和亚纪被一通内线电话叫到了会议室。打电话的人是采购课的光冈雅信。

两人匆忙来到二楼的小会议室，发现轻部闷声不响地坐在里面，一脸不高兴。从氛围就能猜到出事了。

轻部冲两人招招手叫他们坐下，他们刚拉开椅子，一份文件就被推到了面前。

是成本试算表，由采购部根据阀门的设计数据制作而成。

看到上面的金额，立花顿时倒吸了一口气，并瞬间理解了轻部的不悦。

"光冈，你说超预算了是什么意思？"轻部叹口气抱怨道，"在这方面想办法难道不是采购课的工作吗？"

这番质问乍一听火药味十足，不过其实轻部跟光冈关系不错，他们俩年龄相仿，私下经常相约去喝酒。

"不不，虽然超得不离谱，但你这个设计，怎么算都算不进预算内啊。"

"可是光冈先生，这个阀门是我们的战略性新产品啊。"立花看着光冈富有特色的秃头和黑框眼镜说，"难道不该先以拿到订单为目标，暂时不考虑利润吗？"

"我说你啊，说得倒简单。"光冈气愤地说，"要是都以这种想法做事，我们这种中小企业，一下子就会陷入赤字。我明白你的想法，你就是想先把订单拿下来，哪怕不赚钱，也要做出成果再说，对不对？但是这样不行。"

光冈抬起右手摆了摆。

"拿到订单以后再提价，这种事情如果是大森阀门那种大企业也就算了，我们这种公司，根本做不到。阿轻你也清楚吧？"

轻部一言不发，因为光冈说得没错。

"我们的对手就是大森阀门。"亚纪说，"所以我们必须用高性能的阀门来一决胜负，更别说这还是我们没做过的领域。"

"可是，你们这个设计就是超出幽灵传动给的预算了。我研究过，还跟供货商交涉过，办不到。变更一下设计吧。"

"不，那……"

立花欲言又止，视线落在试算表上，仿佛想找到答案。

"要是变更了设计，就无法达到现在的性能。"亚纪依旧在坚持，"光冈哥，真的没办法了吗？"

"你的心情我很理解。"

光冈一脸为难，但也不愿让步。他长年从事材料采购和工程管理，可谓成本专家，得出这个结论肯定也是经过了再三的考虑。

"抱歉，真的不行。现在这个试算已经十分勉强了，不如你们跟幽灵传动谈谈增加成本吧？说成本跟性能挂钩，他们说不定就愿意付钱了。"

"那不行，对方给出的性能和成本是绝对要服从的条件。"

对此幽灵传动反复强调过，立花绝望地摇了摇头。

传来敲门声，佃还没回答，就见山崎慌忙走了进来。

佃把目光从电脑屏幕上移开，指了指沙发让山崎坐下，然后在他对面坐了下来。

"您看过那个了吗？"

"正在看。"

"那个"指的是阀门设计图。图纸前天就发给了佃，而他只要有空就会打开看看。

"我觉得很不错……"他说到一半顿了顿，然后把最在意的问题提了出来，"预定成本做得到吗？"

"其实，我来就是要说这个。"

果然如此。

"光冈说什么了？"

山崎把手上的资料放到佃面前，那是采购课做的试算表。

佃默不作声地看了一会儿，随后无奈地靠在了椅背上。

"我们公司能以很低的价格采购到这种材料，但是依旧算不进要求的成本内。阿山，这样一来就只能变更设计了啊。"

材料的采购价格会因采购数量而变化，因为佃制作所常年保持一定量的订单，这才拿到了很低的采购价。应该与大森阀门的采购成本差不了多少。

"既然材料采购价一样，大森阀门那边可能是拼着赤字在压价啊。"山崎为难地看着佃,"其实我们也可以效仿他们,把价格压下来。"

"不惜放弃利润吗?"佃瞪大了眼睛,"光冈怎么说?"

"他说坚决反对导致赤字的定价。"

"我猜也是。"

那确实是光冈的风格。

佃继续道:"不过阿山,我觉得大森阀门应该没有拼着赤字压低价格。"

佃把听来的大森阀门的评估告诉了山崎。自从决定参加幽灵传动的招标,每次到跟大森阀门有关系的地方去跑业务,佃都会打听打听。现在,佃已经渐渐知道大森阀门是个什么样的公司了。

"他们的销售策略虽然强势,但从未听说不惜压价来拿订单的事。看起来他们也不像这样做生意的公司。"

"您的意思是?"

山崎一直对价格战保持警惕,佃的这一情报让他很意外。

"大森阀门在阀门市场居全国之首,技术实力也获得一定的好评,而且他们自尊心很高,不会想跟我们这家新入行的公司在投标上搞价格战,应该会选择利用之前的合作关系,要求对方按照合理的价格买入高性能的阀门。"

"可是社长,那就没有竞标的意义了呀。订单不是就直接到对方手上了吗?"

山崎有点慌张,佃却很冷静。

"做生意是种缘分。"这是他当了十几年社长的经验之谈,"如果幽灵传动一边说成本至上,一边让高价高性能的阀门中标,就证明他们也就不过如此,不是值得来往的对象。做东西没钱赚，又有什么意义呢？"

"那倒是……"山崎很不甘心，他希望轻部、立花和亚纪他们的努力得到回报。

"阿山啊，我也想替他们想想办法。削减利润，东西当然会变便宜，可是这样真的好吗？做生意不就是想办法让自己做的事换到更多钱吗？轻易压低价格，到最后只会让生意越做越小。"佃很严肃，看着山崎说，"能叫轻部他们再想想吗？我觉得这个阀门设计得很好，只是不适合这次的生意。我希望他们仔细想想，什么是做生意。"

7

"什么是做生意……"

晚上，立花坐在工位上，抱着胳膊自言自语。

"我们做的事情，说白了就是为公司赚钱呗。"亚纪支着下巴，不服气地说，"但我觉得成果比赚钱更重要，应该去把这个活儿拿下来。只顾利润的话，订单就要被大森阀门抢走了。"

立花的视线转向贴在背后墙上的孩子们的照片。

"看看我们做的'高迪'……"

轻部上回是这么对他们说的。他没有给出具体指示，同时自己似乎也沉浸在思索中。

"我总感觉轻部哥有点靠不住啊，他不是组长吗？"

亚纪瞥了一眼稍远处的轻部，愤愤地说着，立花却没有反应。

"立花哥，你不觉得吗？"

"轻部先生不是为阀体设计烦恼了很久吗，我觉得其实是为了我们吧。"

意想不到的话让亚纪直起了身子。

"'为了我们'是什么意思啊？"

"上次开完会我听光冈先生说了，轻部先生负责的阀体已经把成本压到了最低限度。他还说从设计阶段开始，轻部先生就找他问了好几次材料和成本的问题。为了尽量压低价格，他对材料进行了严格挑选，我觉得那是为了让我们的阀门有更多的操作空间吧。"

亚纪偷瞥了一眼轻部，见他依旧侧脸对着这边坐着。

"原来他把该做的都做了呀……"

"先不论他说话方式怎么样，轻部先生确实很努力。"

"真是个麻烦的人。"亚纪叹息道。

"对啊。"立花说完又陷入思索，"说到底，我们要从'高迪'那儿学习什么呢？"

"我觉得应该是生命的重量吧。"亚纪看着墙上的照片说，"那是我做'高迪'的动力，我是为了那些孩子在努力。"

"为了这些孩子吗……这些孩子……"立花嘟囔着，重新转向亚纪，"那我们现在是为了什么？"

这句话不知是自问，还是在问亚纪。立花说完，眼神飘忽地环视办公区。

"为了阀门？"

亚纪的回答显然算不上正确答案。

立花闭上眼睛，双手放在肚子上，陷入了沉思。有了什么念头就会不分场合地陷入思考，这是立花的坏习惯。

也不知过了多久，立花猛地睁开眼，换上截然不同的表情看着亚纪。

"关于刚才那个问题……"

"问题？"

"现在我们是为了什么。亚纪，你刚才说是为了阀门对吧？我觉得这么想可能错了。"

立花到底想到了什么，又想说什么呢？

他继续道："我们需要面对的不是阀门，而是客户，也就是幽灵传动。在'高迪'计划中，我们不是一心为了孩子们吗？现在我们要为之着想的，是幽灵传动这家公司，是他们的变速器。"

"嗯，你说得确实有道理……"

亚纪还有点反应不过来，立花则略显兴奋地继续道："我们一直在追求高性能阀门，不过这真的是幽灵传动的变速器的需求吗？"他提出了一个根本性问题，"其实，这不就跟我们的发动机对拖拉机来说性能太高了，反倒没有抓住客户的需求一样吗？"

亚纪好不容易领会了他的意思。

"你是说，我们把客户撇到一边，擅自在高性能方面展开了竞争吗？"

立花没有回答，他的意识仿佛飞到了另一个世界。过了一会儿，他好似念咒一般吐出一些字眼。

"静音性，轻量化，低油耗，耐久性——其实只要迎合变速器的性能就好了。"立花说，"幽灵传动不想盲目追求高性能，而是设定了最适合农用拖拉机变速器的要求。既然如此，我们的阀门也应该迎合他们的设计。"

"那我们现在的性能——"

亚纪恍然大悟，把后半句话咽了回去。她有点不敢说出口，立花却很干脆地替她说了。

"没错，现在的性能——太多余了。"

8

神田川敦等客人和自己的酒杯都被斟满，才举起了杯子。

"这次真是太感谢您了，中川律师，今年一年真是劳您费心啦。"

"没什么，应该是我感谢您才对。"

中川京一淡定地回了一句，露出从容的微笑，继续道："恭喜您获得了专利。这样一来就能走向下一个阶段了。"

刚进入十二月，忘年会的旺季就开始了，中川这几天一直在跟客户搞无聊的聚餐。不过今天跟变速器大厂商凯马机械的知识产权部部长神田川的会面，却有特殊意义。因为他顺利完成了当前的工作，下一步便是努力达成跟凯马机械签订顾问合同这个最终目标。此事一成，田村·大川法律事务所便又多了一家签约大企业。

"这都是多亏了老师您啊。中川老师不愧是田村·大川法律事务所的招牌律师。"

"您过誉了，这次的案件在我们事务所只是日常业务而已。"中川显得游刃有余，并微微低下了头，"如果合作顺利，请一定跟我们所签订顾问合同。还请您多关照。"

"那是当然。要想磨炼真正的技术实力，并让技术成为自己的武器，就应该在正确的时机执行必要的战略，这样才能令本公司在业界的地位更上一层楼。公司管理层也想得很清楚，为此必须跟有能力的法律事务所合作。"

"知识产权是能够成为武器的。"中川举起酒杯，兀自说道，"而武器只有被人使用，才算真正成为武器。"

"您说得一点没错。还请中川老师在这次专利的基础上，尽快着手下一步工作。"房间里明明没有别人，神田川却压低了声音，"许可经营战略今后必定会成为本公司的重要收益支柱，所以我们希望马上对您提到的那家企业展开行动。"

"我明白了。"中川吊着眼睛看向他，轻飘飘地问，"对了，向对方要求的金额，就按照我们当时提议的可以吗？"

"我没有意见，拜托您了。只是……"神田川突然面露疑虑，"我们调查过，那家公司的支付能力有限，您要怎么从他们那儿拿到钱呢？"

"这个我当然已经考虑好了。"

"哦？"

神田川露出好奇的神情。

"详情过后再向您汇报。"中川却只是笑了笑，"接下来您只需高枕无忧，交给我们就好，我绝不会把事情办砸的。"

中川发出了低沉的笑声。

第五章 幽灵传动

1

新年刚过，还没出一月，汽车研究院的负责人竹本英司就给幽灵传动的柏田宏树送来了佃制作所阀门样品的评估结果。

竹本是汽车研究所的资深评估员，他的评价常常能让柏田获益匪浅。今天返回来的阀门样品数据也附上了柏田最期待的简单评语。

"我不知道柏田先生看到这份评估时心里会怎么想，但我还是要说，这个阀门真的很不错。当然，在性能方面远远不及上次大森阀门的样品，但我觉得，这件样品有性能之外的用心。"

"性能之外的用心"这句话很有意思，但竹本并没有写明理由，柏田觉得这次的评语不如往日那般精彩。

"阀门真是不错啊。"柏田认真看完评估，自言自语道，"东西是真不错，可是……"

且不论制作得好坏，它跟大森阀门的性能差距实在太明显了。

但不管怎么说，阀门评估总算是收集齐了。

"佃制作所那边的评估怎么样？"

此时，对面办公桌的课长堀田问了一句。

"一般般吧。"

柏田把打印出来的评估表递给堀田。

"也就这样吗？"

堀田看了看，似乎没什么兴趣，很快便把文件还了回去。

"我还以为能见到什么了不起的东西，结果还是大森阀门的性能更好嘛。害我白期待一场。"

佃制作所虽然规模小，但毕竟是为火箭发动机生产阀门的公司，堀田本以为能看到类似火箭品质的高性能阀门，没想到送来受检的阀门只是刚刚符合要求范围。

"太遗憾了。堀田先生，接下来怎么办？"柏田问道，"佃的阀门虽然预算低，但性能较差；大森阀门那边的性能高，但价格贵。真让人左右为难啊。"

"要大森阀门。"堀田没有多想就说出了结论，"阀门那么重要，当然要追求高性能。"

"可是超预算了啊。"

"大森阀门好像事先联系过社长了。"堀田道出了柏田所不知道的信息，"说他们会生产性能优异的好阀门，让社长把成本提高一点。可能是听说对手是生产火箭发动机阀门的厂商，在暗中使劲吧。"

"社长怎么说？"

零部件的成本高低会反映在变速器的整体价格上，再进一步讲，还会影响幽灵传动的收益率。不设置自有工厂是伊丹想出来的经营模式，他应该最清楚这些。

"社长当然请他们按预算来做。"

不过大森阀门实际交出来的样品真的十分"高级"。如果用汽车来打比方，就相当于订购了一辆普通家用车，却收到了一辆高级轿跑。

"以这个性能看，大森阀门的定价已经很低了。"

对阀门——这里谈论的阀门还包含阀体——的评估，由性能与成本两部分的平衡来决定。除了实在性能不行的便宜货，判断好坏的关键在于性价比。在"实惠"方面，大森阀门占了上风——这是堀田的判断。

"你怎么想？"堀田问道。

柏田不知如何回答，哼哼了两声。他觉得很难做判断。

刚拿到佃制作所的评估结果时，他确实有种大失所望的感觉。可仔细想想，期望值究竟在哪里呢？明明是自己擅自提高了期望值，佃制阀门的性能其实正好符合他们的要求啊。与大森阀门放在一起比较，佃制阀门固然有些平凡，可他们本来要求的不就是一个平凡无奇的阀门吗？

"我无法判断。"最终柏田说道。

对阀门的选择不是独立的，而是要综合整个变速器的成本结构，甚至还跟总体设计思路有关。在幽灵传动，前者由社长伊丹负责，后者由岛津负责。简而言之，柏田和堀田两个人再怎么商量，也无法左右结果。

柏田正忙着纠结，堀田来了一句："我加上一句评语就转给岛津姐那边吧。让上头去做判断。"

他把这个烫手山芋飞快地扔给了岛津。

当天傍晚，外出了一整天的伊丹回到公司，跟岛津商量投标结果。岛津拿着堀田的评语和评估结果走进社长室，两人谈了不到十分钟就决定了。会这么快得出结论，当然是因为两人意见统一。

"这次的阀门订单发给佃制作所。"

堀田一时无言以对，不仅是他，柏田也对这个结论感到震惊。

岛津就是人们口中的天才，跟她一块儿工作时你总能惊讶于她那非凡的头脑。可是这两个阀门性能差距如此大，他们却毫不犹豫地选择了性能低的佃阀门，这究竟是为什么？

"可是，大森阀门的性能明显更优啊，性价比也很不错，为什么不选它？"

堀田的评语就是这么写的，因此马上提出了质疑。

"佃制作所的性能就足够啦。"岛津大咧咧地说，"价格也在我们要求的范围内。"

"可是两者之间的性能差距非常大。"

"哦，原来你是这样想的啊。"岛津略显意外地看着堀田，"我觉得啊，佃制作所的阀门肯定做过调整，他们原本能做出性能更好的。"

"您为什么这样想？"柏田好奇地问。

"因为他们的样品，细节上功夫惊人，材质也是严格挑选的。重量、对油耗的影响，还有成本，这些都做了尽善尽美的计算，是专为迎合我们的变速器要求而制成的，这个阀门可不是表面看上去的那么简单。"

听了岛津的评价，堀田和柏田都无言以对。

"麻烦你们联系一下佃制作所，告诉他们我就想要这样的阀门，并代我谢谢他们。"

岛津说完便快步走回了座位。堀田目送她走到半路，无可奈何地对旁边的柏田说："事情就这么定了啊。"

"谢谢您。"

技术研发部全体成员的目光都集中在站起来接电话的立花身上。

结束通话后，立花满脸笑容地与亚纪握手。

"采用了吗？"

山崎在远处座位上问了一声，立花少见地握起拳头，做了个胜利的动作。

随后，他走向正看着电脑屏幕的轻部，喊了一声。这人明明知道发生了什么，可就是头都不转一下。

"幽灵传动那边传来消息，我们的阀门被采用了。"

此时轻部才总算看向了旁边的立花和亚纪。

"挺好啊。"

他使出了一流的强装镇定之法。

"要是没有轻部先生的建议，我们恐怕赢不了。谢谢您。"

立花低下头致敬。

"我又没做什么值得谢的事情。"

轻部没领情。他一直这样，立花和亚纪也不顾忌，向来直言不讳，这成了三个人奇特的团队合作方式。

"而且，我也没教你们什么东西。不过——"轻部显得百无聊赖，顿了顿又说道，"跟你们一起工作，怎么说呢……还挺开心的。"

这句话来得如此突然，两人都震惊了。

"好了，走吧。"轻部喊了他们一声，缓缓站起身来。

"那、那个……要去哪里？"立花问。

"当然是社长那里啊。"轻部走在了前面，"他肯定伸长脖子等着这个结果呢，赶紧让他高兴高兴吧——部长，我们离开一下。"他冲山崎抬了抬手，随后单手插进口袋，像平时那样歪着身子、吊儿郎当地走了。

此时此刻，佃制作所的变速器战略踏出了虽然很小，但很重要的第一步。

2

部长室里已经有客人了，是知识产权部部长尾高仁史。此人长年负责公司的知识产权战略,是大森阀门不可或缺的人才。

莳田刚进去,尾高就出来了。也不知他说了什么,只见辰野坐在扶手椅上,一脸沉思状。

莳田站在办公桌前,来向他汇报幽灵传动的招标结果。一想到辰野即将发出的斥责,他就感到胃痛。

"被拒绝了?"

果然,辰野的表情一下就僵硬了。

"我们给的阀门很好啊。那个竞标对手叫什么来着?"

"是佃制作所。"

莳田战战兢兢地报上了名称。

"幽灵传动竟然没选我们,反倒选了那个新来的吗?"辰野不愉快地撇着嘴,却没有像莳田预料中的那样爆发怒火。

有什么地方不对劲。

莳田感到奇怪,便偷偷看了一眼上司的表情。

"你问过理由了吗?"辰野问。

"那边说我们的性能太高,预算却对不上,没必要那么高。"

听说竞争对手是为帝国重工的大型火箭提供发动机阀门的厂商后,下令用高性能阀门参加投标的人正是莳田,他本以为要被上司责骂判断失误了。

"这根本不叫理由啊。"没想到辰野异常冷静,"这是幽灵传动跟我们的信用出现问题了,你不觉得吗?"

"您说得对。"

"我们可是他家主力变速器的阀门供货商,真要说起来,他们根本就没有足够的声誉跟我们这种大公司合作,可我们还是向他们供应了高品质的阀门。这可是我们对吹口气就能散架的小创业公司的一腔热情和满心期待啊,结果呢,他们不仅对这种关怀毫不感激,还践踏在脚下。"

"那怎么办?带着这个意思,让他们重新考虑一下?"

"这种事,做了也没用。"

辰野断言道,把手上的圆珠笔扔到了桌上。

"既然对方是这个态度,我们只能重新考虑既有的交易了。你说对不对?"

莳田领会了他的意思,顿时感到胸口憋闷。辰野莫不是想暗示与幽灵传动的既有交易要黄,以求对方颠覆这次的投标结果,转而采用他们的阀门?

"我该怎么对伊丹社长说呢?"

"你就告诉他,本公司准备近期对各项合作进行重新审核,因此面向幽灵传动的供货将按照合约日期结束。好像要提前一个月告知对吧?你别忘了,提前给他们发正式文书。"

这个指令让莳田吃了一惊。

"可是部长,终止合作对我们没有好处啊,还不如提高现有订单的价格——"

"没关系。"

辰野的语气不容置疑,阴暗的目光盯着部长室的墙壁。莳田感到一种强烈的异样感,便冒着被斥责的风险问了一句:"部长,关于幽灵传动……您是不是知道些什么?"

他问得很宽泛,其实连自己都不知道这个"什么"究竟是什么。

"那家公司早晚要倒。"

莳田一时忘记了眨眼,盯着辰野,说不出话来。

"为防止出现坏账,你要密切把握那边的情况。"

"您这消息是从哪里——"

说到一半，莳田就猛地回过神来，闭上了嘴。

应该是刚才出去的尾高。不过这只是直觉，他没有证据。

尾高的特长之一是收集业界情报，另外还有业务能力首屈一指的田村·大川法律事务所的帮助。这家律所跟多家大企业签约，负责他们的知识产权战略，尾高恐怕是从所里的律师口中打听到了一些消息吧。

"到底会发生什么事啊……"

莳田到最后也没问出来个所以然，只能带着难以释然的心情离开了部长室。

3

"他们在商量什么？"

幽灵传动的柏田看到伊丹和岛津两个人在社长室里说话，好像还有点不对劲。岛津严肃的表情里透着前所未有的紧张，接着伊丹抬起头来，颓然靠在沙发背上，双手交叠放在脑后。

"难道是大森阀门那边说什么了？"

这是招标结束后的第二天。

"谁知道呢。有可能吧。"堀田正在核算电子表格里的数字，歪过头说，"可能对方提出现有订单的阀门要提价吧。"

"那可很糟糕啊。"柏田皱起了眉，"我们已经把投标结果通知了佃制作所了，现在出尔反尔不太好吧？"

昨天接电话的人——立花——的喜悦之情溢于言表，事到如今，柏田可说不出"不要了"这种话。

"唉，世事难料啊。生意也是一场力量游戏，大森阀门毕竟是阀门界的帝王。"

"如果真要反悔，那就拜托课长去联系了。"

"行吧，行吧。"

堀田满不在乎地应了一声，旁边却传来了意想不到的声音。

"应该不是吧。"

说话的人是助理坂本菜菜绪。

"刚才收到了一封存证信函。"

"存证信函？"

听到这个字眼，堀田立刻表情僵硬地看向社长室，呆呆的好久没转过头来。

"你知道里面写了啥吗？"他问菜菜绪。

"不知道，我直接交给岛津姐了。"

"哦，也是。"

堀田话音刚落，就看见伊丹在社长室里拿着文件打起了电话。

"肯定是找末长律师。"

堀田之所以这么说，可能是因为听到里面传来"老师"这个词。末长孝明是幽灵传动的签约律师，伊丹每次打电话都会忍不住提高音量，便有一些断断续续的话语传了出来。

"凯马……"

堀田和柏田忍不住对视一眼。

"是不是凯马机械啊？"柏田说。

那是一家变速器厂商，老称其为竞争对手幽灵传动有点高攀，因为对方的规模非常大。

几年前，他们被全球业界巨擘、美国的EZT恶意收购，其后可能是受到母公司方针的影响，开始采取不断起诉竞争对手，以此侵占市场的知识产权战略。目前业界所有公司都对他们的动向十分敏感。

过了一会儿，伊丹挂了电话，岛津马上沉着脸走了出来。她一言不发地回到座位上，从柜子里拿出设计图，检查了一下内容后装进图纸专用收纳盒里。周身散发出拒绝与人交流的气息。

"课长，感觉有点蹊跷啊。您快去问问出什么事了吧。"柏田小声说。

"你觉得这种气氛能问吗？"堀田压低声音回答，"反正早晚会知道。"

"我们到末长律师那里去一趟。"

伊丹从社长室走出来，两人匆匆离开了公司。

"果然。"堀田咕哝道。

肯定是出事了。

不过此时柏田和堀田都没有想到，那竟是危及幽灵传动存亡问题的一等大事。

4

末长孝明的律师事务所从新桥站过去只要五分钟，在一栋多商户入驻的办公楼里。

"这就是我在电话里跟您说的存证信函。"

伊丹把信封推到末长面前。

末长今年六十岁，是一名资深律师，专长是知识产权，幽灵传动自创业起便与他合作了。

寄信人是田村·大川法律事务所，该律所是凯马机械有限公司的代理人，信尾署着以中川京一为首的五人律师团的姓名。

拜启：

　　谨祝时下愈益康泰。

　　针对贵公司制造的汽车用变速器"T2"之重要组成部件，我所代表委托人凯马机械有限公司，向您发出此函。

　　（略）

　　贵公司制造的副变速器明确侵害了凯马机械有限公司所持有的专利（另附明细）。对于此事，凯马机械有限公司作为专利持有者，损失了本来应得的利益，并且持续受侵权影响。

　　希望贵公司迅速承认这一事实，并且立即停止"T2"及其副变速器的制造与搭载。与此同时，本所敦促贵公司立即对这一侵害造成的经济损失进行赔偿，同时拿出诚意，做出符合社会常识的应对措施。

　　请尽快就此事进行商讨，并在一周之内联系本所。

　　特此函告。

敬具

"问题在这里。"

见末长抬起头来，岛津便摊开带来的设计图。

是被爱知汽车采用，搭载于其旗下紧凑型家用车的变速器的设计图，该款加速器也是幽灵传动的主力产品。岛津用圆珠笔指出的地方，是一个被称为滑轮的零部件。

"'T2'的特点是滑轮部分比之前的 CVT 更小，结构更紧凑。为此，我们添加了副变速器，拓宽了速比范围，虽然要在下方配置控制阀，但这样就不用再专门为变速器空出空间了。凯马机械的主张是，我们的副变速器侵权了。"岛津用圆珠笔笔头敲了几下设计图上的副变速器，说，"但在事前专利调查中我们并没有发现这个问题，到底是为什么……"

说完岛津歪过头，一脸疑惑不解。

"因为提交专利申请后要过十八个月才会公开。"末长解释道，"贵公司进行专利调查时，这项专利还处在未公开阶段。请看这里。"

末长律师在专利信息提交日上面做了个记号。确实与岛津他们进行专利调查的时间有重叠。

岛津想了一会儿，长叹一声道："原来是这样啊。"

"不过，上来就寄存证信函，这帮人也真够乱来的啊。"末长看着信函上的文字，手按额头，"田村·大川法律事务所还真能干出这种事来。那边跟我们不一样，在知识产权方面算是大企业作风，偏保守。外界对他们的评价褒贬不一，尤其是这个中川京一，更是出了名的坏茬儿。"

"我们该怎么办？"

看岛津一副沉思的样子，伊丹便问了一句。

"函上写着联系他们，那就只能当面谈谈了。"末长同情地继续道，"可能会演变为向凯马机械支付专利使用费吧，不知道要多少钱。"

"不付钱，跟他们对抗不行吗？"伊丹问道。

末长哼了一声，沉思片刻后说道："当然也可以在法庭上据理力争，不过在我看来，这事不好办啊。我觉得没有胜算，不过这只是我的一己私见。"

伊丹顿时没了话，死死地盯着末长。

"如果赢不了，就只能尽量请对方少收一点专利使用费了。到时候要看有多少交涉的余地，首先要听听对方的意向……关于面谈日期，我跟对方联系吧。"末长说。

看起来情况对他们非常不利。

"麻烦您了。"

伊丹翻开日程本，列出了几个可选的时间。

傍晚时分，与对方的律师事务所联系完的末长来电通知他们预约在下周见面。

5

"劳烦各位亲自前来，快请坐吧。"

田村·大川法律事务所位于丸之内，会客室里装饰有观叶植物和一幅伊丹都知道的印象派画作。画应该是复制品，不过看看房间里高级的装潢，也会忍不住猜测那可能是真迹。

中川律师请伊丹和末长两人落座后，自己在大桌子的另一端优雅地坐了下来。年轻一点的青山贤吾律师在他旁边坐下，把整整一捧资料放在自己面前，看来他是负责此案的副手。

"请问两位看过我们发出的信函了吗？"中川态度假惺惺的，轮番看看伊丹和末长，"两位怎么想？"

"老实说，我很吃惊。"末长如实答道，"毕竟'T2'是四年前发布的产品，我们这么久都没意识到专利侵权的事实，收到信后可谓晴天霹雳。首先我想说的是，幽灵传动没有与您的委托人相抗争的意思，而是希望通过商谈寻找解决途径。如果凯马机械有什么具体意向，我们很想听听。"

"两位的决断很明智。"

中川露出意味深长的笑容，看着青山从旁边递过来的资料继续道："幽灵传动的'T2'变速器目前使用在爱知汽车的好几款紧凑型家用车上，由于是量产车型，已经有大量成品，这是关键……"中川笑眯眯地放慢了语速，"但若没有我们的委托人持有专利的副变速器结构，'T2'变速器就无法成型。在此基础上，我们算了一下凯马机械应该获得的授权费——约为十五亿日元。"

伊丹猛地抬起头，凝视着中川。

"这也……有点太高了。"末长仿佛听到了一个不友好的玩笑，强装笑脸回应道，"您说的金额，幽灵传动无力支付。而且，这明显是同行报复性的开价吧？"

"您怎么能说是报复呢？"中川像是很受伤地说，"这个价格是根据变速器单价和总生产台数计算出来的，是很合理的应该向专利持有厂商支付的授权费。烦请贵公司支付这笔费用，同时在今后的生产中持续支付专利费。这是唯一的解决方法。"

青山站起来，将展示如何计算出十五亿日元的依据推到伊丹和末长面前。

末长开始认真看资料，试图找到商讨的余地。

可是他的努力成了徒劳，最终他只得默默地把资料放回桌上。

"幽灵传动很想支付专利使用费。另外您这边的计算依据我看过了，其中百分之十的比率实在太高，能请您适当降低吗？这么高我们实在支付不了。"

"不行啊。凯马机械对其他公司也一律收取十个百分点的专利使用费。"中川坏笑着摇了摇头，"这一点委托人再三交代过。如果因为公司规模小就给打折，我们委托人的知识产权战略不就被架空了吗？为了保持竞争力，凯马机械是不可能同意这个要求的。"

他的态度虽然有礼，主张却像一把尖刀，且毫不退让。

"这笔费用您无论如何都要支付,如果支付不了,那我们只能法庭见了。"

"现阶段说这个……也太急了吧。"末长有点慌了,"请让我们拿回去商量一下。"

"您什么时候能给答复呢?"中川冷冷地问,"我们希望尽快得到答复,两周可以吗?"

"啊不,至少一个月吧。"

末长有点措手不及,看向旁边的伊丹,请他表态。

"能麻烦您跟凯马机械商量商量,多少降低一点吗?"伊丹说,"哪怕只是降低目前这笔侵权费也可以,今后我们可以支付更高的费用。这样如何?"

中川没有马上回答,而是摆出思考的模样。

"就算希望渺茫,也请您向他们提一下。"伊丹进一步请求道。

"伊丹社长,您的心情我很理解。"中川面无表情地看着他,"但凯马机械在知识产权交涉上从未做过让步,这也是美国母公司的意向。而且,侵权方是贵公司啊,请您不要忘了这一点,好好检讨检讨。"

中川说完看了一眼手表,马上结束了这次会面。

"真是的,这下怎么办?"

离开律所大楼后,伊丹焦急地嘟囔了一句。

"伊丹先生,咱们没什么选择啊。"

末长笔直向前走着,侧脸显得死气沉沉,仿佛已经筋疲力尽。

冬日柔和的阳光倾洒在街道上,行人熙来攘往,似乎唯独这两人的头上笼罩着一层阴云。

"只能想办法付钱,或是打官司,二者选一了。"末长说道。

"如果打官司,有希望争取到减额吗?"

末长没有马上回答,走了一会儿才低下头说:"可以试试,都不好说。"但看他的样子,似乎很困难。

"可是,十五亿……我们为研发这个变速器,也累计花了不少钱。目前银行贷款越来越多,这么大一笔钱,想凑齐真的很难。"

伊丹咬着嘴唇,抬头看向眩目的蓝天。这时,末长停下脚步,一本正经地看着伊丹。

"伊丹先生,其实这种话我不太想说……但这一看就是对手的策略,那个中川律师看准了贵公司拿不出这笔钱。"

"您是说这是一个威胁吗?只要好好交涉,他们的态度就会软化?"

听了伊丹的猜测,末长悲凉地摇摇头。

"中川……不,凯马机械的目的应该是把幽灵传动搞破产。"

"把我们,搞破产……"

伊丹茫然地重复了一遍,声音被行驶的汽车排气声盖了过去。

"这只是我的推测。"末长先声明了一句,继续道,"凯马机械可能认为成长势头正猛的贵公司是潜在的敌人,虽然你们现在的规模还不大,但将来可能成为威胁,所以他们想趁早斩草除根。"

伊丹呆立在原地,末长又郑重地问了一句:"伊丹先生,您能筹到资金吗?无论是银行贷款还是第三方出资都行,总之,只要有钱,就能撑过这个难关。至于怎么偿还,只能过后再想了。"

伊丹不知如何回答,低下头想了好一会儿才挤出一句:"我会想想的。"

末长把手搭在他的肩上,同情地说:"经营公司久了,谁都可能遇到这种危机，关键看能不能撑过去。此时正是社长您咬紧牙关的时刻啊。"

6

伊丹坐电车回到公司，重重地坐在社长室的扶手椅上，仰起头闭上了眼睛。

传来玻璃门被推动的干涩声音。

"对方律师怎么说？"

岛津应该是一直在等他回来。

"不行，谈不拢。"

伊丹说罢，岛津的脸色马上变得苍白。

"那怎么办？银行会借这么多钱给我们吗？"岛津问。

"不可能。光是借重建后的运转资金就差点儿跑断腿，现在这么大一笔钱，没有银行会愿意借的。万一让他们知道公司惹麻烦了，搞不好还会把融资都收回去。"

幽灵传动的"T2"变速器能被爱知汽车采用，可以说是城镇创业公司的奇迹。但他们是一家没有工厂的设计公司，能抵押的资产只有大田区这间小小的办公用房，顶多能筹到运营资金。

"没有别的办法了吗？"岛津不甘心地说，"应该有办法才对吧？"

伊丹没有作声，室内一片死寂。

"努力了这么久，结果竟是这样。"

伊丹瞪着布满血丝的双眼，看向社长室的虚空，咬紧了嘴唇。

岛津几乎一夜没睡，第二天早早来到公司，发现伊丹已经来了。

他坐在扶手椅上,正思考着什么。

"早,你没事吧?"

伊丹穿着跟昨天一样的衬衫,打着一样的领带,似乎在公司里熬了一宿,一脸苦恼和缺觉的疲惫。他面色苍白,胡楂儿脏兮兮的,表情空虚地看着岛津。

"阿岛。"他的声音也有点沙哑,眼睛布满血丝,"我想了很多,要撑过这个难关,我们得寻找出资人。然后接受出资,成为大公司旗下的子公司。"

此时岛津的脑子有点乱,她试图快速分析这一决定的利弊。

"那么,公司就不是我们的公司了吧?"思考了一会儿,她问道,"伊丹君,你愿意这样吗?"

伊丹没有回答,只是眼神空洞地凝视着虚空,过了一会儿,他的眼中突然有了神采。

他看向岛津,说:"我得守护下面的员工,这是我的义务。我们可以在接受出资时提条件,条件是不裁员。不过我和阿岛可能留不下了,因为要承担经营责任。但这也没办法啊。"

这应该是他再三思索过后得出的结论,因此语气没有一丝迷茫。

"如果要辞职,那就我辞职吧。因为这是我的失误,应该是我引咎辞职。"岛津说。

"这不是阿岛的失误。"伊丹笑了,"这不是任何人的失误。我们只是运气不好,仅此而已。我们一起辞职吧,重新开始,不过如此嘛。"

伊丹做出了决定,又仔仔细细看了一圈陈旧的社长室。

"不过很对不起老爸啊,他拼了一辈子,才给我留下了这栋房子。"

"真的没有其他办法了吗?"岛津又问了一遍。

伊丹笑着摇了摇头。

"这种事情是会发生的。"

"关于出资人,你有想法吗?"

"总会有公司对我们的变速器感兴趣的。"伊丹悲凉地说,"为了让公司活下去,我必须找到出资人。"

7

在位于银座最高档地带的知名意大利餐厅开阔的七楼,有两个人坐在角落的单间里,正举起白葡萄酒杯碰杯。

"今天承您款待,真是不胜感激。"

一人微微颔首。中川律师举着酒杯,露出笑容。

"我就是想问候一下您。"

"真是受宠若惊了。"

那人满脸受用的笑容,但心里当然清楚中川找他的目的。

"幽灵传动后来情况怎么样?他们有办法筹到资金吗?"

"目前看来非常困难。"

那人回答。

"那可太让人头痛了。"中川装出惊讶的神情,"我跟伊丹社长见面已经过去了二十天,马上就到给答复的日子了,他们却还没想到办法,我该如何答复凯马机械啊?"

"他们正在拼命寻找出资方呢。不过风投公司把他们拒了,搞企业并购的中介也说很难,前几天他们还去找有合作的大森阀门求助,吃了闭门羹。"

"可真是走投无路啊。"

中川按捺不住笑意,低声笑了起来。

"他们打算怎么办呢?底下的员工都知道了吧?"

"目前应该还不知道,毕竟,这可是要卖身啊。"那人煞有介事地回答,"员工们大部分不知道公司正面临危机,搞不好就要这样迎来跟中川先生您约定的答复日了。"

"那可不得了。其实我想尽量帮帮他们呢。"中川愉快地说着,那人又给他倒满了酒,"只不过这件事,我实在帮不了啊。"

"胜负已定,对吧?"那人再次举起酒杯,"那就提前庆祝一下吧。"

"谢谢。"

中川说完,两人一同发出低低的笑声。

8

"不好意思,占用您时间了。"

入间一走进来,伊丹就深深低下了头。这里是山谷位于浜松的工厂的会客室。

"出什么事了?"

见伊丹表情凝重,入间挥挥手请他坐下。

"我们遇到了一个难题,这次来是想跟入间厂长商量商量。"

"遇到难题了?怎么回事?"

入间察觉到事情有点不对劲,从扶手椅上探出身子。

"凯马机械说我们的主力变速器'T2'侵犯了他们的专利,我咨询了顾问律师,说这事就算上法庭打官司,也很难赢。"

问题的严重性让入间皱起了眉。

"靠我们自己筹集到赔偿金实在太困难了,这样一来,公司将走上绝路。我思来想去,认为只能寻找出资人,加入别的公司。"伊丹挺直身子,直视入间,"能请山谷这边考虑一下吗?拜托您了。"

伊丹双手撑在膝头,弯下了身子。

入间表情复杂地抱着胳膊思索起来。过了一会儿,他的目光从墙上的一点转向了伊丹。

"我是很想帮你。不过,要我们出资,很难。"

他明确地说出了结论,然后微微颔首,说了句"实在抱歉"。

"啊不,没什么。是我不对,提出了如此唐突的请求。"

见伊丹心有不甘,入间又继续道:"我们确实对贵公司的变速器感兴趣,也正在考虑应用在下期的拖拉机产品上。可如果要支付如此高昂的专利使用费,那我们打从一开始就不会考虑。因此,我现在就可以直接告诉你,我们不可能投资。不仅如此,这事要是传出去,下期产品采用贵公司变速器的事可能也要落空,你们可能会在'评估'中被刷下来。"

山谷公司在对合作方进行评估时有一套自己的审核系统。首先是安全性、成长性和收益性这些可量化的项目,然后是对经营基础和对方的交易伙伴这类经营环境进行评分,最后根据总得分来设置"及格分数线",并以此评分决定交易规模。

浜松工厂是山谷的主要工厂,入间是兼任董事的工厂厂长。既然他说不行,那肯定是不行了。

没有交涉的余地。

"希望你们想办法找到出资人,并研发出新的变速器。我很期待。"

入间的鼓励固然温暖,此时却让伊丹感受到了现实的冰冷。

已经没有下一张牌了,他把能想到的地方都转了一遍,能想到的办法都用尽了。可以说,山谷是伊丹最后的希望。

"耽误您时间了,真的很感谢。"

伊丹挤出无力的笑容,站起身来,迈着沉重的步子走向会客室大门。

"啊对了,你去佃制作所问过吗?"

入间的一句话让他停下了脚步。

"佃制作所?"这个建议太出乎意料,让伊丹有点迷茫,"没有。"

"不如去跟他们谈谈?佃先生可能愿意出资。"

"佃先生吗?"伊丹难以置信地反问道。

他突然回想起第一次跟佃见面时的场景,佃确实说过将来想转型为变速器厂商。

"可是,这么大一笔费用,佃先生他……"

由于先前丝毫没想过这个选项,此时伊丹表露出露骨的意外之情,甚至可以说一脸惊疑。

"你在说什么呢?他们家可是曾在专利诉讼中赢得巨额和解金的超优企业,你要以为他们只是一家普通的城镇工厂,那就大错特错了。"

他做梦没想到,佃制作所竟有这样的一面。

"是这样吗……我都不知道。"

伊丹瞪大了眼睛,入间鼓励道:"可能性这种东西啊,只要好好找,其实到处都是。现在放弃还太早了。"

第六章　岛津回忆录

1

二月的第一个星期三,伊丹和岛津两人造访了佃制作所。这几天东京市内迎来了今冬最强寒流,上午九时,气温很低。

佃来到大门口迎接,之后把两人请到会客室兼社长室。昨天傍晚他接到伊丹的电话,对方说:"我有急事找您商量,您有时间吗?"由于不知道具体是什么事,佃就把山崎和殿村一块儿叫上了。

"不好意思,打扰了。"

伊丹先道了歉,然后将一些图纸摊在桌上。

是变速器的设计图。

"想必各位一看就知道,这是本公司的主力产品,变速器'T2'的设计图。它被爱知汽车采用,算是热门产品,可是,最近出了一些问题。"

"您说的问题是……"

佃发现两人表情凝重,便直接问了一句。

"是这个部分——副变速器。"岛津指着设计图上的一点说,"最近凯马机械提出,这个部分侵犯了他们的专利,说这是凯马机械的专利设计。"

她说着,把专利相关文件在佃等人面前一一排开。

"不好意思,粗粗看上去难以判断,请您直接告诉我们实际情况吧。构成侵权了吗?"佃问道。

"很遗憾。"伊丹简单说明了事情经过,最后总结道,"本公司的顾问律师判断，闹上法庭的话，胜诉几乎不可能。而对我们来说，我们想继续制造产品，哪怕要支付授权费。因为这关系到公司的存亡。"

山崎和殿村惊讶地看向伊丹，他们此时才意识到此次要商讨的是关系到对方存亡的大问题。当然，佃也不例外。

"不好意思，您说的授权费，具体是多少？"殿村问。

"十五亿日元。"

伊丹说出的金额实在太夸张，像个滑稽的笑话。

殿村被震得身子一动不动。山崎正用指尖顶眼镜框，也僵住了。

"金额确实惊人，但这是对方正当的要求，因此，不支付就无法解决问题。"伊丹苦涩地皱起眉，"佃先生，您能帮帮我们吗？拜托了。"

说着，伊丹和岛津深深低下了头。

这实在太让人意外了。

"您说帮，我们要怎么帮？是想让我们帮贵公司融资吗？"

佃还不明白伊丹的意图，便问了出来。

"能请您考虑向我们出资吗？十五亿日元。当然，我和岛津持有的幽灵传动的股份会全部转让给您。"

"恕我失礼，您这样做就相当于用十五亿日元卖掉您的公司啊。"殿村一脸严肃地说。

"您说得没错。"伊丹断言道，"但我有个条件，就是希望不要解雇现有员工，我和岛津倒是可以离开公司。能请您认真考虑一下吗？"

两人再次低下头。

"快别这样，两位请直起身子。两位的意思我明白了，但请给我一点时间，容我们内部讨论后再作答复，好吗？"

佃只能这样说，当下他还无法做决定。

这可是佃制作所有史以来遇见过的最让人惊叹的提案。

2

伊丹来过的第二天，佃去造访了位于虎之门的神谷·坂井法律事务所。神谷修一是佃制作所的顾问律师，是在知识产权方面堪称日本第一的能人。

"原来凯马机械的顾问是田村·大川啊。"

听佃在会客室说明了大概情况，神谷无奈地叹了口气。看他表情凝重，可以想象这个案子做起来绝不容易。田村·大川法律事务所是神谷以前待过的地方，那是一家在知识产权领域实力强悍的大律所。

"而且主要负责人是中川京一啊。"神谷皱起了眉，"佃先生可能不知道，凯马机械的母公司EZT跟美国大律所合作，通过知识产权诉讼捞了不少钱。揪住对手弱点将其打垮，这种事他们确实干得出来。"

"那边好像说不同意减少使用费。"

"指望对手的同情恐怕没用，他们不会通融的。想改变对方的态度，只能靠实力来制伏。"

神谷站起身，一脸严肃地看着设计图。他先查看了整体结构，然后查看副变速器的结构，又拿来与凯马机械的先行专利内容进行比对，其间不时与佃说几句话，就这样看了将近一个小时。

"原来如此，情况很不乐观啊。"

神谷说完安静地思考了一会儿，又开口道："不知道您是否考虑过，其实目前并非没有可尝试的对抗手段。"

"有吗?"佃惊讶地问。

"要不要试试交叉授权?"

"交叉授权?"

"如果凯马机械的产品中也有侵犯了幽灵传动的专利的地方,就能以授权那项专利为交换,获得副变速器的专利授权。简而言之,就是互相交换专利使用权,这样一来就不用支付巨额授权费了。搞不好还能拿到一些。"

"原来如此。"

不愧是神谷,还能在这种毫无希望的情况下想出穷余之策。

"不过我也不知道是否真的这么凑巧……反正如果您还没考虑过这个方法,确实值得考虑考虑。另外,佃先生,您对收购幽灵传动一事,意向如何?"

"如果可以的话,我觉得这是个千载难逢的好机会。"佃说出了真实的想法,"把变速器厂商收购进来,就可以跟我们的主力发动机事业产生相乘的效果。老实说,我很想全额支付那笔使用费,跟他们一起干。"

"如此一来,就需要尽职调查了。"

"届时可以麻烦您吗?"

"当然没问题。"

神谷一口答应下来,但又提出了疑问。

"要做当然可以,只不过,您觉得这样真的好吗?"

"您还是觉得使用费太高了吗?"

"不,我不是这个意思。"神谷摇摇头,严肃地看着佃,"正如我刚才所说,幽灵传动其实还有对抗的手段。不过首先要弄到凯马机械的变速器,通过逆向工程来精查是否存在侵权现象。"

逆向工程就是把其他公司的产品拆开,检查其结构和技术。

"问题在于,是让幽灵传动来做这件事,还是佃制作所做。"

"您的意思是?"

佃不明白神谷的意图。

"佃先生想收购幽灵传动,但如果此时你把这个对抗方法告诉幽灵传动,那家公司自行解决了问题,那么收购的事不就化作泡影了?但如果佃先生暗中掌握侵权事实并秘而不宣,直接收购又如何?"

听到这里,佃终于理解了神谷的意思。神谷继续道:"届时您就能以大幅低于预期的价格收购幽灵传动了。是告诉幽灵传动,还是独自展开调查,把这件事当成一笔生意来做——这就要交由佃先生自己判断了。"

3

"这个判断很难做啊。"

殿村听了佃的复述,抱着胳膊陷入沉思。社长室的沙发上此时还坐着营业部的津野和唐木田,以及技术研发部的山崎,大家都各自沉浸在思绪之中。

"要是我们能找到足以签订交叉授权合同的侵权行为,就能和凯马机械展开交涉了。这么一来,搞不好能不花一分钱把幽灵传动收购。"

津野说完又思考了一番,问:"社长,您怎么想?"

"我想了想,觉得应该告诉伊丹先生。"

佃的回答让三个人惊得屏住了呼吸,但是没人反驳。

"拿着这条秘策,用等同于免费的价格收购幽灵传动,这个选项确实存在,想必也会有经营者这么做。可是如果幽灵传动的人事后得知此事,他们会怎么想?会高高兴兴地成为我们的伙伴吗?如果是我,肯定会觉得自己被摆了一道,心里留下一个疙瘩。我认为做生意确实需要战略,但前提必须是公平。"

佃继续道:"公司跟人一样,在利益之上还有道义问题,如果不为彼此着想,没有互相尊敬的心,就做不成生意。"

片刻的沉默过后,最先表态的人是殿村。

"我认为这样很好,而且这才是社长的风格。"

"我也赞成,应该这么做。"

最爱谈利益的唐木田竟马上附和,让佃放了心。

"阿山你没意见吧?"

被津野这么一问,山崎露出惊讶的表情。

"当然没问题啊,反倒是津哥,你怎么想?搞不好能低价收购哦。"

"这个世界重要的不只是弱肉强食和笑到最后,这是我一直的信条啊。"津野说完又转向佃,"既然我们的重要合作对象遇到麻烦了,那我们就帮帮他们吧。要是能帮幽灵传动摆脱困境,那不是万万岁嘛。就算不收购,他们应该也愿意为我们提供适合我们的发动机的优良传动器吧。"

不愧是老好人津野的意见。

"快到给凯马机械答复的日子了吧,我们赶紧帮忙搞逆向工程吧。"山崎提议道,"先不管收购不收购的事情,全力解决眼前的问题吧。社长,您觉得呢?"

"当然。只不过啊……"佃苦笑道,"这种蹩脚生意,感觉是咱们的独家专利了呢。"

"恐怕没人会来侵这个权吧。"

津野的玩笑话让会议室沉浸在一片祥和的气氛中。

短暂的会议结束后,佃马上联系了幽灵传动的伊丹社长。

"交叉授权吗……"伊丹有点没反应过来,"原来如此,这的确值得一试。"

可能是因为看到了希望的光芒,他的声音稍微恢复了一点活力。

"我马上去跟岛津商量。佃先生……"电话那头传来伊丹深沉的话语,"真的太感谢了。"

"有困难就要互相帮助嘛。那个逆向工程,如果你们要做,我们可以帮忙,自己做肯定应付不过来吧?"

"那真是麻烦您了,真的非常感谢。"

挂掉电话后佃歪过了头。

"怎么了?"殿村问。

"我总觉得有点奇怪。"他嘟囔道,"幽灵传动应该也有顾问律师,可是看伊丹先生的反应,好像从来没人跟他提过交叉授权这个办法。我知道成功的可能性很低,但至少也算个希望,顾问律师应该会提出来让他试试看才对。他的顾问律师到底在搞什么?"

"您说得确实有道理。"殿村若有所思地点点头,"或许这个案子太大了,对那位律师来说负担有点太重了吧。可能是我多虑,不过我觉得可以建议伊丹社长换一位律师。"

佃感觉如果是神谷,除了交叉授权,搞不好还能找到别的突破口。

"主公言之有理,如果能让神谷律师来办这个案子,我心里也安稳一些……"

佃说到这里突然闭上了嘴,因为他回忆起神谷的不败神话,心想他会不会答应接下这个几乎没什么胜算的案子呢?可能有点难啊……

不过短短几天后,神谷就主动联系了佃。

4

神谷抽空到佃制作所来了一趟,后来佃回想起来,觉得他可能自己有点想法。

"幽灵传动现在情况如何?"

神谷来到会客室后开门见山地问了一句,然后指着天花板问:"正在处理对吧?"

两天前,他们弄来了几台凯马机械的变速器,两家合作展开逆向工程。

由于幽灵传动内部没有足够的作业空间,双方决定在佃制作所三楼的一块空地进行,这样对帮忙的佃这边也更方便。

"目前还没有成果,我们这边手头有空的都去帮忙了。"

"希望能找到线索。"

神谷说完,换了个话题。

"我后来又仔细看了看您上次拿来的资料,发现有点奇怪。虽然这事跟我并非直接相关,不过……能让我问他们几个问题吗,如果方便的话?"

"当然可以。"

佃打了个电话,几分钟后,岛津抱着电脑敲响了社长室的门。

她跟神谷是头一次见面,两人交换了名片,寒暄几句过后,神谷摊开了佃上回拿给他的设计图和专利公告复印件。

"您还记得是什么时候设计了这台副变速器吗?"

"查查记录就知道了。"

她当场打开了电脑。

"啊,找到了,是这个。"

在大约三年半以前。

"完成基本构思的时间还要更早一些,但反正设计图是这时候完成的。请问……这有什么问题吗?"

岛津搞不明白律师问这个的意图。

"我在调查各方面事实关系的过程中发现了一个问题,凯马机械其实是在您这边完成副变速器设计后不久,准确来说是一个星期后,提出了'权利补正'。"

"权利补正?"

"在专利申请领域,就是指专利的权利范围。"神谷开始进行讲解,"专利纠纷大多是在权利范围的解释上出现分歧,这是号称能难哭律师的概念。在凯马机械这件事上,经过补正的权利拥有决定性意义。"

"这是怎么回事?"岛津皱着眉问。

"凯马机械的专利是您做出设计图不久前申请的,但如果只看申请时的专利内容,贵公司的副变速器并没有明确侵犯到他们的专利范围。"

这则信息实在太让人意外,岛津和佃都倒吸了一口气。

"之所以形成侵权,是因为他们后来对权利范围进行了补正和变更。"

神谷进一步解释道:"在专利成立之前,申请人可以自由变更所申请的专利的权利范围。你们在研发新技术时,事前调查阶段没有问题,但凯马机械的先行专利进行了意料之外的权利补正,才导致了侵权事实,这就是贵公司目前所处问题的情况。事实上这种情况并不少见,只是这次的权利补正我觉得有点奇怪。"

岛津抬起头，无声地催促神谷说下去。

"我有点怀疑，这真的是巧合吗？"神谷意味深长地说，"在那个时间点进行权利补正，怎么看都很奇怪。而且补正内容像是在针对贵公司的副变速器。岛津女士，请您如实回答我。"神谷笔直地注视着岛津的双眼，说道，"您这边的设计信息有没有外泄的可能？"

"啊？"岛津惊呼一声，没有回答，也凝视着神谷。

"比如说，贵公司内部有没有跟凯马机械有关系的人？"

"没有。不，应该没有才对。"岛津回答道，"我很信任同事们，而且能接触到设计信息的人也不多。"

"原来如此。我这样问只是担心有这个可能性，请您不要在意。"

神谷在记事本上写了几个字，又抬起头说道："另外，我还想请问岛津女士一个很重要的问题。"

岛津闻言绷紧了身子。

"您设计的这个副变速器并没有申请专利，这是为什么？"

"其实……我觉得这东西不值得申请专利。"

她的回答令人无语。

"不仅是变速器，我们在研发新产品的时候也不是所有都会申请专利……所以，设计出来之后确认没有先行专利我就放心了。"

神谷一言不发，观察着岛津的表情。

"您说不值得申请专利，何出此言？"

"我把它当成了既有技术。"岛津的回答毫不做作，极为自然，"这是我的失误。"

"岛津女士，我还有一个问题，可能跟这次的事没有直接关系，但我希望您能回答。"神谷继续道，"您曾在帝国重工任职，是一位十分优秀的工程师，甚至被称为天才，你为何要放弃那里，成为幽灵传动这家小公司的合伙人。能跟我说说吗？"

神谷的这个疑问也是佃"一直想问的事"。同为搞技术的人，同为从大企业离开的人，他很想知道为何岛津不想做"帝国重工的岛津"，而选择成为"幽灵传动的岛津"？在选择的过程中她内心有怎样的决意？

在神谷和佃的注视下，岛津微微深呼吸，露出略显悲伤的笑容，开始了讲述。

5

岛津在大学学的是机械工程学，并获得硕士学位，入职帝国重工后如愿以偿地被分配到研发部门，过上了与变速器艰苦斗争的日子。

在帝国重工众多的制造生产线中，她独独选择研发车辆变速器，其实这背后有一定的原因。

岛津的父亲曾在广岛市临海地区的汽车厂里工作，是一名从早到晚浑身油污，对工作无比热情的技术人员。

父亲是因为喜欢汽车才进入汽车厂的，可是为了供养祖母、母亲、岛津及弟弟妹妹，他没有余钱购买新车，只有一辆公司前辈开了三年转让给他的二手车。摆弄车子堪称父亲唯一的爱好，而岛津从小就盼着给父亲打下手。

父亲会给她讲关于汽车零件的知识，有时还会开开玩笑，岛津从不觉得无聊。跟同龄的女孩子玩耍固然有趣，但对岛津来说，由父亲引导走入的工程世界是那么富有内涵，崇高而知性，不停刺激着她的好奇心，可以说是一场让她雀跃的冒险。

"听好了，这个车盖底下，装满了人类的智慧。"父亲的解说基本都从这样一句话开始。

有时候他还会不知从哪儿弄来一个旧发动机或变速器，拆开来给她看。

父亲会拿着拆下来、上好油的齿轮，骄傲地说："就算只是这么一丁点儿大的齿轮，要精准地做出来也是非常困难的。一个小小的齿轮，就能体现出制作者的能耐。"

他说着又打开手动变速器的外盖，用诙谐的语言讲解里面的结构。

父亲是岛津头一个，也是最棒的师父。在父亲的影响下，她自然而然地成了一个喜爱汽车的人。

在岛津家，汽车可以说是家人的羁绊，沟通的桥梁。

"汽车能让人获得幸福，哪怕不是新车也无所谓。用自己喜欢的汽车载着家人朋友出行，这一行为本身就是一种幸福。"

父亲的哲学后来也变成了岛津的哲学，以及她在大学攻读机械工程的原动力。

她后来没有去汽车厂商，而是接受教授的推荐进入了帝国重工。这是因为教授认为，该公司的变速器部门还有成长的空间。

"那里水平不算高，更需要你的能力。"这句话让岛津感觉到了一些可能性。

与其他大厂商相比，帝国重工的变速器首先是在性能方面存在劣势。可是岛津认为，在讨论性能之前，应该先解决设计思想方面的问题。

帝国重工的设计思想落后于时代，过于保守。

带着这个意识，岛津入职不久后就提出了许多变速器改进提案。

当然，除了岛津以外，帝国重工每年都有大量技术人员入职，也有许多优秀人才被分配到汽车变速器部门。但是可以说，岛津在其中属于大放异彩的一个。

简单来说，岛津跟其他技术人员的不同之处就在于她绝不妥协，十分"讲究"。她不接受只要性能好，什么样的变速器都行的想法。

变速器变了，汽车的呼吸就会改变。从一速变到二速时的手感，行驶过程中从踏板传来的震动，驾车的乐趣、欢喜及感动，岛津在变速器上追求的，并不只是代表性能的数字罗列。

一开始，周围的人都用惊讶的目光迎接岛津。天才——人们为岛津优秀的设计而惊叹，并以此称呼她。

然而，惊叹的目光没过多久就变成了嫉妒的目光。

岛津一边不断提出新创意，一边毫不客气地否定前辈们的设计，批评他们太过时。于是，同僚们逐渐视她为麻烦。

入职第五年的秋天，公司里传出了那件事。

帝国重工此前制造的变速器多数搭载于中型以上的车辆，那时上层下达指令，要开始研发并量产适用于紧凑型家用车市场的新型变速器。

总算等到这一刻了，岛津心想。

入职以来，岛津一直参与CVT这种跟以前的帝国重工产品完全不同的变速器的研发，然而CVT迟迟未能量产化，一直悬在那里。

理由有好几个。

一是因为内部尚未确立性能检测和评估系统，另一个是帝国重工内弥漫着一股将CVT视为下品的风潮。

CVT没有复杂的齿轮组合，而是利用皮带进行变速。说白了，就是进化型的自行车变速器。自行车还分几段变速，CVT甚至没有这一概念，而是以无级变速为特长。但这种变速器轻盈紧凑，最适合发动机舱偏小的车辆。可是此前的定论认为这种变速器不适合搭载于大排量、动力强劲的发动机——这种定论直到现在依旧被广泛采纳。因为发动机转数越高，皮带磨损的问题就越严重。由于无法解决这个问题，也没发现替代结构，不少技术人员便对CVT评价不高，认为其"只能装在小型车上"。

但是岛津的想法不一样。

高转速确实会引发很多问题，但是其他变速器都走在七速八速，至多九速十速的多阶段化发展轨迹上，那么本身以无级变速为特点的CVT应该是高出一筹的。

可是，技术方面的难题也是不争的事实。若要应用，就要考虑控制皮带的转动和摩擦损耗，让驾驶感更好，综合起来就是一道巨大的技术壁垒。对公司内部那些将其视为"下品"的技术人员来说，CVT不过是个拥有可能性，但是实用极为困难且无意义的东西。

岛津向这个难点重重的变速器发起了挑战。

这是个好机会。

她为此制作的企划书可谓集大成之作。身为一名搞技术的人，身为一个钟爱汽车的人，她想做出最棒的变速器——她把这份热情完全融进了那份企划书中。

第二年一月上旬，公司召开了决定新型变速器的会议。出席者包括总管制造部门的常务董事、生产技术研究所所长，以及负责变速器生产的爱知工厂厂长和制造部门高管，是一次极为重要的会议。

岛津作为策划提案者，被要求出席。

"你的企划书非常不错。"头一个发言的是常务董事田村勇一，"可做CVT未免太跳跃了吧？我们没有这方面的经验。"

此人在公司里是出了名的小心谨慎，这次的发言也趋于保守。岛津不喜欢这种想法，没有经验，那又怎样？

"虽然我们没有量产化的经验，但其耐久性和性能方面都没有问题。相信在不久的将来，日本紧凑型家用车搭载的主流变速器将会是CVT。"

岛津忍住内心的感情波动，语气平淡地回答。

"你这个企划没法活用公司现有的技术和经验啊。"

同属研发线上的副部长奥泽靖之也提出了反对意见。此人在变速器研发这块工作了很长时间，相当于变速器制造部门的领头人物。

"我们目前为止生产的手动变速器和自动变速器都没能成为汽车市场上的主流，我认为问题在于性能和驾乘感受。如果换成CVT，这些问题就会迎刃而解。"

岛津的发言让奥泽的表情眼看着阴沉下来，因为正是他主导研发与生产那些没能成为主流的变速器。岛津像在暗示，那些她认为很"差劲"的变速器都是因为奥泽能力不足。其实可以说，她一直藏在心里的对奥津的不满，此刻无意中流露出来了。

"你很有自信嘛。"田村饶有兴致地说，与制造部部长柴田和宣对视了一眼。柴田可能已经听闻岛津是个"直言不讳"的人。

"CVT不是只适用于小型车吗？"奥泽轻蔑地断言道，"做这种东西根本没有前途。"

"有前途。"岛津来了劲，直接反驳道。明明把前景都写进企划书了，肯定是奥泽不屑一顾，根本没有看。这人已经不是第一次给岛津的提案挑毛病了,有位技术员前辈曾对她说:"奥泽先生其实是嫉妒你的才能。"

"我认为,在不久的将来,会诞生能够让 CVT 无级变速适应大排量车辆的技术。正因为现在没有,这个变速器才具有成长可能性,难道不是吗?"

岛津说得力量十足,现场氛围却极为冷淡。

太不爽了。

常务田村、制造部部长柴田,还有那个奥泽,他们好像从一开始就认定这个提案是不可能实现的白日梦,把她叫来参会可能也只是为了劝她放弃。每个人的表情背后都隐约可见此事已有定论的意思。

这样的气氛让岛津焦虑不已,同时心怀怒火。

她对自己的提案有绝对的自信。可是,现在这个会议,却要沿续帝国重工一贯的变速器发展路线。

理由很明显。

因为这样选择,失败时就可以找到借口。

岛津知道这场会议还会讨论另一款变速器,是小型车专用变速器。就是将已有的产品做成更轻更小的紧凑版。岛津在样品阶段乘坐过搭载了那款变速器的车,感觉并不坏,但她觉得无法超越 CVT。

"只要各位乘坐一次,就知道 CVT 带来的驾乘体验有多么优秀了。"

岛津据理力争,得到的却只有冷笑。她越是热心,面前这些人却越是冷淡。

"驾乘体验是因人而异的吧。"

奥泽又提出了相反意见。他长年从事变速器生产,资历很深,因此发言的影响力极大。"而且,驾驶紧凑型车的都是些什么人?家庭主妇,上班的职员,这些人有几个能判断驾乘体验的好坏?他们肯定觉得都差不多吧。驾乘体验这种无法量化的东西,不能作为判断依据。"

就是因为您这样想,我们才斗不过竞争对手——岛津把这句话生生咽了回去。

但她的心情陷入了绝望——对这些人说什么都没用。

口口声声说要研发新型变速器,到头来却只是披上一层看似崭新的外衣,还是回到了原来的路线上。他们做不出多大的成绩来,还安于现状,不断逃避,拒绝走向新领域。

这些人拒绝追求更优秀的东西,还能有什么作为?

"怎么会分辨不出驾乘体验的好坏呢?"岛津带着失望的心情,不由得加大了音量,"我们不该对普通用户更有信心吗?"

"你好像有个错觉。"奥泽再次开口道,"我们帝国重工面向的不是普通用户,而是汽车厂商。顾客怎么想,这是他们要考虑的问题。而且,以往的成绩也证明了,顾客对我们的变速器非常喜爱,不是吗?"

"可是,目前采用我们的变速器的,只有日本汽车。"

岛津像只斗败的狮子,硬撑着提出反论。日本汽车是从帝国重工分离出去的一家汽车公司。

"你是想说,日本汽车是我们的公司,才采用了我们的变速器吗?"柴田部长问道。事实的确如此,可是柴田却露出了心寒的表情。

岛津不禁沉默了。集团企业合作固然能为帝国重工的业绩做出一些贡献,但一味依赖于此,只会扼杀真正的竞争力。

把产品强行卖给旗下的汽车公司,反过来还坚称得到了顾客的支持,这是彻头彻尾的谎言。

"而日本汽车的销售业绩一直萎靡不振。"

岛津的话越过了那条不可跨越的界限。

"你的意思是,都怪我们的变速器不好?"田村常务极其不愉快地逼问道,他凝视着岛津的目光像闪着寒光的尖刀。

"我确信,只要研发出这款CVT,就能超出子公司的范畴,得到更多的订单。"岛津用尽了最后一丝气力,"请让我试试看,就算不算作下期的重点项目也无所谓。我很想用这款CVT来挑战市场,而且有这个自信。"

但回应她的只有宛如巨石的沉默。

"今天这个会议是为了挑选作为重点项目的变速器。"制造部部长柴田严肃地开口道,"除此之外的事项就放到以后再谈吧。你辛苦了。"

岛津的戏份就到此结束了。

会议结束后,岛津才知道自己的发言让田村常务多么生气。

她被制造部部长柴田叫到了办公室。

"你真的觉得变速器能卖出去是因为对方是我们旗下的汽车公司吗?"

他一上来就这样质问,怒火背后透出作为带领帝国重工制造部前行的男人的自尊,还掺杂着一些组织中人对特立独行者的愠怒。

"田村常务特别生气。"

他好像就是想说这个。

岛津离席后,会议上又进行了怎样的讨论,最终将哪一款变速器定为重点项目,这些关键信息都不重要,反倒是她在会议上的发言被柴田当成了重点问题。

"对不起。"岛津感到这一切很无稽,但还是姑且口头道了歉,"那么,那个变速器的策划案……"

"CVT被否决了。"

岛津呆立原地,心中翻涌着沉重的徒劳以及身在组织中所特有的深切失望。

帝国重工并不需要自己这样的人,这一瞬间她沉痛地意识到了这个事实。

三月份,岛津收到了前往总务部的调令,四月新的财年开始后就要去赴任。在制造部门的职业生涯就要告一段落了。

帝国重工排斥岛津的才能,痛恨她否定固有路线的态度,并给予她沉重的责罚。

对岛津来说,远离制造一线的工作没有任何意义。

那之后是怎么过的,岛津不太记得了。她只记得每天从位于调布的宿舍出发,乘坐满员电车上班,还有大手町外面灰色的天空,以及白得刺眼的办公室。

这家公司没有她的立足之地了。

就在岛津确信了这一点后,伊丹找到了她——跟我一起创建一家新公司吧。

"那段时间伊丹也在帝国重工感到痛苦不堪,我们俩各自倾注了心血去搞经营、搞技术,却在那个组织里渐渐腐烂。于是,我们联手开创了幽灵传动。"

岛津结束了漫长的讲述,脸颊泛起红晕,双眼有些湿润,想必是回想起了当时的不甘。

"这段工作经验可能不太如意,但我认为也不算浪费。"

神谷冷静地做出评判，然后提了一个问题。

"我想请问一下，在研发'T2'之前，你们是否在招标中与凯马机械有过竞争？"

"嗯，有过好几次。"岛津回答。

"那么……你们赢了？"

神谷凝视着岛津，看见她缓缓摇了摇头。

"不，几乎没赢过，因为我们没有成功案例，唯一的例外就是爱知汽车采用的'T2'。"

神谷默默思考了一会儿，仿佛在咀嚼她的回答，随后轻吐一口气，向她道谢。

"感谢你在百忙之中抽空回答我的问题。"

又过了三天，逆向工程依旧毫无结果。

# 第七章　代达罗斯

1

逆向工程最终没有得出成果，二月中旬，佃与幽灵传动的伊丹、岛津一道，拜访了神谷的事务所。距离凯马机械代理人中川律师定下的回复日期只剩下几天了，他们必须尽快商量出对策。

"无功而返啊。"神谷听完报告平静地说，想必已经想到了，"我还有点期待中川京一有疏漏呢。"

"事情变成这样，我打算向幽灵传动出资，您觉得怎么样？"

听了佃的观点，神谷想了想。

"无论如何都要支付对方提出的授权费，是这样吗？"他问道，"末长律师怎么说？"这是在问伊丹和岛津。

"他说在专利侵权方面，抗辩应该很困难。"

伊丹紧紧咬着嘴唇，神谷依旧凝视着他。

"我们来把问题梳理一下吧。"他突然换了个语气，"前不久我咨询了一下岛津女士，我觉得凯马机械的本次特权申请有点不自然。"

"岛津跟我说过了。不过很难想象公司里的哪个人会像老师您说的，泄露信息啊……我们的员工全都可以信赖。"伊丹坚定地说。

虽说神谷只是猜测，但伊丹恐怕也不喜欢自己宝贵的员工遭到无端怀疑吧。

现场气氛变得有些尴尬，但神谷并不在意。

"对了，贵公司跟末长律师合作多久了？"他问道。

"我们创业不久后就开始合作了,到现在有五年了。"

岛津代伊丹回答,且明显提高了警惕,似乎是在担心连末长都受到怀疑。"末长老师是个值得信赖的人,您要是觉得他可能泄露信息,一定是不对的。"

"上回您是跟末长律师一道去跟对方代理人中川律师面谈的吧?"神谷问伊丹,"当时您觉得末长律师与中川律师的关系如何,两人很亲密吗?"

"不,没有那种事。"

听到对两名律师的质疑,伊丹皱起了眉。他们是来谈佃制作所向幽灵传动出资的事情的,现在事态却在向意想不到的方向发展。

"至少在我看来,他们的关系一点都不亲密。中川律师的态度一直充满敌意,如果他们关系很好,至少会稍微努力不让气氛那么尴尬才对吧。"

"或许对方认为不能暴露两方律师关系亲密的事实呢。"

神谷的反应让伊丹顿时变了脸。

"恕我直言,我们对末长老师十分尊敬,今后也打算继续跟他保持顾问关系。"

"末长老师提到交叉授权的事了吗?"神谷问,"既然他是知识产权专业的律师,应该会提出这个策略来探讨。且不说要不要这么做,他在这么严峻的情况下却连提都没提,您不觉得很奇怪吗?"

"我不知道这算不算奇怪,不过,逆向工程还不是没结果吗?"伊丹的语气里多了点嘲讽,"碰巧发现对方也侵权的可能性能有多高呢?"

"确实不高。"神谷回应道,"可你能断言可能性绝对为零吗？"

"当然不能断言，只不过可能性确实很低，末长律师想必觉得这个策略没有现实性，才没有提。"

伊丹对末长极为信任。伊丹的优点之一就是会大方接纳与他一同努力过的人，并且给予无条件的信任——或许，这也是他的弱点。

"如果您要我怀疑末长老师，我做不到，并且打算就此告辞。有这个时间，我还不如去跟末长老师商量今后的法庭对策，这才更现实。"伊丹毫不掩饰对神谷的不信任，如此放言道。

"您要跟末长律师商量，我没有任何意见，并且觉得您应该这样做。不过，靠末长律师来打这场官司，你们会输。"

佃感到难以置信，怀疑自己的耳朵。至于伊丹，干脆气恼地盯着神谷，岛津也一样。

"您就能赢吗？"岛津毫不掩饰内心的感情，"照这样下去，专利侵权应该会百分之百认定为事实，都这样了您还有对策吗？是什么——"

"他怎么可能有。"伊丹打断了岛津，冷冷地看着神谷，"听说您在知识产权方面是一把好手，可这样您就可以看不起别的律师吗？"

"我没有看不起他，只是为了验证我的猜测做了一些调查。"

"验证猜测？"伊丹嗤笑一声，"什么猜测？再说了，你有证据吗？不就是岛津的研发时间和那什么权利补正的时间重叠了吗，这就能作为怀疑别人的证据？更别说你还要怀疑末长老师。你想说是他跟对方律师搞在一起，出卖我们的信息吗？"

"嗯，我就是这个意思。"

"太让人生气了。"伊丹生气地转过头，站起身，喃喃了一句

"够了"。

"您是要去末长律师那里吗？"

"是又怎么样？"伊丹回了一句，然后对佃说，"佃先生，这样子没法搞，我们先告辞了。"

岛津也站了起来。

"啊对了，那请把这个带走。"神谷把一个信封递给了伊丹，"里面的东西可以过后再看，仅供两位参考。"

佃旁观着这一幕，难以掩饰心中的困惑。

"老师，我们在这个节骨眼儿上决裂，只会让对手得逞吧。您说信息泄露的源头是那个末长律师，有什么证据吗？"

由于神谷的表现太不同寻常，佃委婉地提出了疑问。

"请您看看这个。"神谷拿起一份文件放在佃面前，"这就是我刚才交给伊丹先生的东西，您看过就知道我为什么怀疑末长律师了。"

佃读完，不由得吃了一惊。

"没想到……"他凝视着神谷的脸，"没想到竟然有这种事。现在还来得及，我把伊丹先生叫回来吧。"

佃站起身来，却被神谷拦住了。

"虽然我刚才惹恼了他，不过那位伊丹先生是个重感情、深思熟虑的人，他看过这份文件，应该能理解我的意思。"

刚被劈头盖脸说了一顿，神谷对伊丹的评价却很客观。

"不过伊丹先生不会头脑一热采取行动，他应该会不着痕迹地做一些调查，确定了想法后再决定如何应对——只是，时间不多了。"

问题就在这里。

神谷继续道："凯马机械的代理人设定的回复期限是后天，

如果由末长律师陪同前去交涉，那么应该会变成请求延期回复，并请求降低授权费用吧。只不过，以现在的情况来看，和解方案能谈成的可能性很低。"

"会变成诉讼吗？"

"恐怕会。"

到那个时候，就真的要认真探讨向幽灵传动出资的事了。对佃来说，出资十五亿是个重大决定，不能轻易拍板。

"您可以进行出资准备，不过出资是以败诉为前提的。"看到佃心神不宁，神谷淡淡地指出，"我总觉得佃先生和幽灵传动的那两位都被末长律师的话影响了，既然要诉讼，当然要优先考虑胜诉才对吧？"

神谷的主张当然没错。只是，这场官司真的有胜算吗？

"您有什么具体的方案吗？"

佃问了一句，神谷思考片刻，说："我一直惦记着岛津女士上回说的话。虽然还没有找到详细的证据，不过我有种感觉，这场诉讼的争论点应该不仅限于是否存在专利侵权事实。"

"不仅限于是否存在专利侵权事实……"

"没错。但要从这里着手，还需要做非常麻烦的工作。"

"到底是什么工作，您能告诉我吗？"

神谷进行说明，佃专心致志地听着。

2

两天后，幽灵传动的伊丹和顾问律师末长一道，按照当初的约定，来到田村·大川法律事务所，在会议室与中川京一展开了第二次交涉。

"各位在那次之后都进行了怎样的商讨呢？今天能给我带来好消息吧？"

中川嘴角带笑，眼神中却没有笑意。不仅如此，他直直看向伊丹的双眼似有恫吓之意，仿佛要步步紧逼。

"其实我们还没有得出结论，请问能再宽裕一段时间吗？"

回答的人不是伊丹，而是末长。他不卑不亢，乍一看还真分不出究竟是谁被逼到了绝路上。

"我方给出的时间已经很充足了。"中川的表情突然狰狞，用冰冷的目光看着末长，"而且您不是已经承认了我方的主张吗？到底想要怎样？"

"我们还在进行检讨——"

"你们只是想拖延时间吧。"中川打断了他，"既然如此，干脆到法庭上解决吧。"

"请等一等，您张口就说要上法庭，太让人为难了。"末长伸出双手劝阻道，"您也知道法庭的判断存在变数，一旦打起官司来，我们双方都有风险。幽灵传动这边正在讨论承认专利侵权事实，但是你方提出的金额实在太大了，我们无力支付。因此，我们有个请求，能否请您再考虑考虑降低授权费呢？"

"我之前不是说过了吗？"中川的声调低了一度，表情也变了样，"凯马机械不会在专利授权费方面让步的。您说打官司有风险？有意思，那不如我们试试吧。"

"在金额上绝不让步，凯马机械真的这么说吗？"伊丹问道。

"您是想指责我信口雌黄吗？"中川马上吊起了眼睛，"给你方内部探讨的时间足够了，我们不想再等了，也清楚再等下去也等不到什么。"

中川眼中冒出杀气，气愤地站了起来。

"此案将转入诉讼阶段。"最终他说道。

"请等一等,中川律师——"末长想追上准备离开会议室的中川。

"太晚了!"

中川断然拒绝,消失在了门外。

"就是这样了,末长律师,伊丹社长。"仍留在会议室里的年轻律师青山淡淡地看着两人,"我们将履行代理人的职责,立刻准备此案的诉讼手续。今天就先到此为止吧,法庭上见。"

末长一脸愕然,转向表情严峻的伊丹。

"没办法了,伊丹社长,我们走吧。"

3

"我们要全额支付授权费吗?"

乘坐电梯来到一楼,伊丹的目光仍有些涣散。

"唉,没办法啊。"

末长貌似放弃了。

前方出现了东京站的建筑楼体,晴朗的冬日里,肆虐的北风让走在大手町一带的白领们个个缩着身子,竖起大衣领子。

"老师,其实有人提议我试试交叉授权。"

伊丹提起了这件事,脑中还闪过神谷的话——这个方案其实应该由末长律师提出才对。

"哦?"末长意外地看向伊丹,"有查出什么吗?"

伊丹心中产生了异样感。他的言外之意似乎是不可能查得出来,如果他一早就知道查不出什么,那么没有提出方案也就可以理解了。

"什么都没查出来。"

"那种东西不是那么好查的。"末长理所当然地说。

"您觉得我们还有别的对策吗?"伊丹站在北风中问道。

"很遗憾,从法律角度来看,情况很不妙。"末长整了整围巾,这样回答道,"对方提出的侵权证据齐全,我们很难翻盘。对了,请问授权费筹集得怎么样了?"

伊丹摇摇头,目光落到脚尖上。此刻他没有说出佃制作所正在考虑出资,因为他对末长的信任刚刚出现了裂痕。

"伊丹先生,这场仗咱们打不赢啊。"

末长仿佛已认定官司会败北。

"老师,您能再想想,看还有没有办法再跟中川京一律师商量商量吗?"伊丹狠狠心问道,"他跟您同为知识产权方面的律师,两位私底下会不会有点来往啊?"

"您在说什么呢,伊丹先生?"末长露出心寒的表情,"要是我跟中川有私交,事情就不会变成这样了。"

伊丹闻言吃了一惊,没能掩饰失望的神情。

末长在说谎。

不过末长把伊丹此时的表情解读成了即将面对失败的正常反应。

"我明白现在这个情况对贵公司来说是大危机,可是啊,事情已经变成这样了,要逃脱困境只有一个办法,那就是想办法筹集资金,支付授权费。如果融资困难,我觉得应该去找找收购方。"末长不以为意地说,"现在不是挑挑拣拣的时候,要是拘泥于经营权这种东西而耗尽了退路,那就得不偿失了。您应该做的事情难道不是保护公司和员工吗?"

"也就是接受失败,对吗?"伊丹惊愕地说。

"专利侵权这一事实无法改变。"末长严肃地说,"您别怪我说话不客气,输了就是输了。只有承认失败,才能走出下一步。今天就先这样吧,我接下来还有事,告辞了。"

末长抬手拦了一辆出租车,坐到后座上。伊丹目送车子离开,仿佛迷失了方向的孩子,在大手町的街头呆站了许久。不知过了多长时间,他才向东京站迈开步子。

但就在这时,背后传来的声音又让他停下了脚步。

"伊丹先生,伊丹社长——"

伊丹回过头,看到了叫他的人,心里非常疑惑。

那个边冲伊丹挥手边从大楼入口走过来的人,是刚才坐在中川旁边的律师青山。

"啊,还好赶上了。"

青山说着往四周看了看,可能在找末长,发现末长不在,他便凑近了,压低声音说道:"我有件事想跟您说,能占用您一点时间吗?是关于这个案子的,我有个提议。"

伊丹非常意外。不过这种场合末长是不是最好也在场呢?该不该打个电话给他呢?伊丹有些犹豫。

青山仿佛看透了他的心思,说道:"我想跟伊丹先生您单独聊,这事跟授权费无关。在这儿站着说话不太好,能麻烦您再到事务所来一趟吗?请吧。"

这是怎么回事?不过青年律师低头请求的态度看起来很诚恳,应该不是什么坏事。

伊丹跟着他走进电梯,青山一路无话。

之后他被领到了另一间会客室。青山请伊丹坐到沙发上,自己在对面的椅子上落座,然后开门见山地说:"其实有家公司对幽灵传动很感兴趣,提出如果有可能的话,希望能收购。请问伊丹先生，您对此感兴趣吗？"

"是哪家公司？"伊丹问。

"如果您有意向详谈，那么可以先签署保密协议，之后我才能透露公司名称。"

"这倒是没问题……"伊丹一边思考一边问，"那边的兴趣有多大？是单纯好奇想问一问，还是……"

"只要伊丹先生答应，他们愿意马上出收购意向书。公司审查没问题的话，会进展得比任何一家都顺利吧。"

这突如其来的消息让伊丹不知如何回应，他定定地看着年轻的律师。

本以为佃制作所是幽灵传动最后的救命稻草，万万没想到竞争对手的顾问律师事务所会向他提出收购意向。

"那家公司……知道我们跟凯马机械有纠纷吗？"伊丹问。

之前与几家公司的交涉让他知道这是关键之处。

"当然知道。伊丹先生，您有兴趣吗？"

青木又问了一遍。

"如果只是听听的话。"

等回过神来，伊丹发现自己已经给出了答案。这让他进一步意识到眼前的绝境让他多么绝望，多么渴望救赎。

青山暂时离开了一会儿，之后拿着几份合同回来。伊丹细读了合同内容，在上面签了字。接着，青山把倒扣在旁边的文件递给了伊丹，那是希望收购幽灵传动的公司的介绍。

"代达罗斯？"

好像听过这个名字，但是一时想不起来。

"这是一家小型发动机厂商。"

"这家公司是从哪里打听到我们的？"

不了解幽灵传动现状的话,是不可能提出这种形式的收购意向的。恐怕是田村·大川法律事务所告诉他们与凯马机械的纠纷的吧,这让伊丹更加怀疑了。

"虽然我们也是代达罗斯的顾问事务所,但出于保密义务,我们并没有向他们提供与此案有关的信息,他们应该是从别的地方听说了凯马机械和贵公司的事情。"

伊丹可没有傻到相信这番话的地步,这种事可难说了。

"这个叫代达罗斯的公司,跟贵事务所是什么关系呢?"

"他们自创立起便与我所签订了委托顾问协议。"

确实如我所想啊,就在伊丹准备嘲讽两句的时候,他看到了资料上的公司概要,被董事长的姓名吸引了目光。

重田登志行。

这个名字很眼熟。究竟是在哪里……

伊丹陷入沉思,青山凝视着他。

不一会儿,记忆深处浮起一块碎片,让伊丹的心里泛起了波纹。

这不是重田工业的那个重田登志行吗?

"怎么会……"

当时重田不是破产了,身败名裂吗?

现在他又出现了。

伊丹咽了口唾沫,脑中的记忆依旧鲜明。

4

创立幽灵传动之前,伊丹隶属于帝国重工的机械事业部,参与发动机和变速器的研发和制造。

这个部门的产品涉及汽车、船舶、起重机,甚至军用车。

机械事业部的历史可以回溯到战前、以发扬国威为目标的时期，在下辖多个部门的帝国重工内部相当于"祖业"，地位重要。从这个部门走出了好几位社长，可谓公司的核心事业部。

每年都有大量一流大学的优秀毕业生进入帝国重工，堪称众星璀璨。当中被分配到这个部门的，都是经过层层筛选的佼佼者。

因此，该部门成员都有极强的自尊心。若是出身东京的，大多是从初中升学考试开始便拔尖的那一撮；若来自地方，则是从首屈一指的好学校考到超一流大学，再以顶尖成绩毕业的人。伊丹也并非例外，只不过其他同事的父母大多是一流企业的职员，但他的身世有点特别。

伊丹大是大田区一家从事机械加工的城镇工厂家的独生子。

伊丹的父亲年轻时从一家实力不凡的机械厂辞职，结婚后夫妻俩一道创立了伊丹工业所，当时他才三十岁。五年后伊丹出生了，母亲只在生他的时候回位于大田区池上的娘家休养了几天，生完马上就回到工厂，背着还是个婴儿的伊丹开始工作。

伊丹工业所的主要客户多为大规模上市企业，跟其他城镇工厂一样，他们拿到的订单赚不了几个钱，而且货期短，技术要求高，稍有不慎就会出现次品，转眼变成赤字。

伊丹小时候，伊丹工业所有十几名员工。后来员工们一个接一个地离职，到伊丹上高中时，公司只剩下三个人了，连他都能看出经营情况十分困难。

尽管如此，父亲从来没有叫伊丹放弃升学出去工作。这是因为他在社会生活中深深感受到了学历的重要性，仅仅因为家庭情况不好就不让孩子接受教育，那么孩子将来还会继续受苦。父亲经常说，受苦这种事，到他这一代就该结束了。

只要是为了伊丹的教育，父亲多少钱都愿意出。先是补习班，然后成绩优秀的伊丹提出想上初高中连读的私立学校，父亲都高兴地赞成了。

"我有个条件，那就是你不要继承这家工厂。"

今后小规模城镇工厂没有发展前途，规模小但想发展，就只能做出大企业无法模仿的"发明"。只是擅长研磨切割这种技术，将永无出头之日——这便是父亲一向的论调。而父亲的工厂并没有能让公司更上一层楼的"发明"。

伊丹工业所虽然小，但坚持稳扎稳打的工作态度。然而，从父亲诊断出肺癌那时起，企业的规模就开始缩小，并在父亲去世的半年前结束了三十年的经营。不是破产，而是清算。父亲给员工支付了退休金，没给客户和银行添任何麻烦，还给母亲留下了足够度过余生的积蓄，最后去世了。

父亲给伊丹留下了一句话。当时伊丹二十五岁，大学毕业后进入帝国重工，正值体会到工作有趣之处的时候。

"你可不能创业啊。"伊丹去看望卧床的父亲时听到了这么一句充满感慨的话，"到头来你老爸我不过是自讨苦吃。"

当时的伊丹虽然体会到了工作的趣味，但也开始感受到帝国重工这个大公司的沉重氛围。父亲可能看透了他的想法。

"企业有企业的逻辑，你以前这样说过吧。"重病的父亲声音微弱，而且说起话来断断续续。但不可思议的是，他的话仿佛能渗进伊丹的脑子里。"我听到你说这句话时还有点感动呢，我就想啊，我的公司有逻辑吗？假设有，那会是钱吗？什么事情都要看能不能赚钱，手头有没有钱，其实仔细想想这也太悲惨了。最难看的姿态，莫过于被金钱束缚。"

这次对话结束仅仅两周后，父亲就去世了，而这番话伊丹一直记忆犹新。

当时伊丹所属的机械事业部赤字难改，正处于生死存亡的紧要关头。

机械事业部可是走出了许多公司高管的名门，因此绝不能任由危险事态发展。很快，董事会就把起死回生的王牌、的场俊一安排了进来。

的场出身于事业部，是当时全公司最年轻的部长，在文静绅士众多的帝国重工里面，他属于比较豪迈的少数派。

的场刚出任部长，就连续使出各种措施。机械事业部的业务范围很广，他给每个区块布置了新课题，一旦发现没有达到成长预期，就毫不客气地将其砍除，手段可谓强硬，是绝不将就的大动作。

帝国重工一直坚持日本式经营，与众多外包企业保持紧密的关系，有重视外包关系的"传统"。

其中最为重要的外包企业，就是伊丹负责对接的重田工业。

重田工业的会长重田登志信是厂商合作会的重要人物和脸面，与帝国重工的董事来往紧密，而且他跟当时帝国重工的会长藤冈光树是大学同学，拥有一定话语权。与此同时，他的长子登志行大学毕业后在帝国重工锻炼了一段时间，然后回归家业，后来出任社长，顺利接过了公司的经营权。

但是伊丹很讨厌重田工业。

社长登志行仗着帝国重工内的人脉，有点什么事就对伊丹指手画脚，用各种借口拒不同意压低成本之类的要求。明明是厂商合作会的成员，态度却一点都不合作。他还认为自家公司负责生产核心零部件，很有发言权，就一直是一副高高在上的态度。

伊丹还曾听到登志行社长在合作会的派对上大放厥词。

"帝国重工的成本控制随便搞一搞就可以了。"

虽然是酒宴，可是听到这样的话，伊丹还是终于忍不住了，提出外包企业改革意见。

当时伊丹提出的企划案厚厚一沓，内容翔实。简单概括第一页的概要，是这样的：

> 我司对重田工业再三提出成本控制要求，对方却几乎没有举动，采购价格一直居高不下。重田社长这种不合作的态度有可能影响到合作会的全体成员，导致外包企业的怠慢情绪。虽然我司与重田工业的合作时间很长，但目前双方的关系对我司正在推进的提高盈利行动构成了阻碍，此时应该彻底重新审视我司与该公司的合作关系，通过转投订单，使变速器事业的整体收益实现提升——

机械事业部内爆发了一场争论。

重田工业虽是未上市的外包公司，但其营业额高达一千亿日元，而且一半主要产品面向帝国重工出货。

转移订单意味着亲手摧毁这家公司，因此这份企划案在重视传统、态度保守的公司内部造成了非常大的冲击。

对关系紧密的主要合作企业展开"遴选"，这一举动相当于斩断在公司内部秉持多年的保守价值观。

如果是以前的帝国重工，伊丹再怎么提倡交易改革，也只会被一句"小鬼头懂什么"打发过去。可是当时帝国重工亟待解决赤字这一关键问题，于是正因为是小鬼头写的企划案，反倒让那些意识到了问题的人看到了利用价值。

也就是不敢用自己的名字打出改革方针，只知道再这样下去很糟糕的中层领导。对他们来说，伊丹的企划案来得很是时候。他们可以尽情利用，就算失败了也不会变成自己的责任。

如此一来，伊丹投下的石头激起了机械事业部内部对立的争论，但新部长的场俊一最终做出了决定。

的场在部内管理层会议上批准了企划案，并当即命人把伊丹叫了过来。

"把之前交给重田工业的订单全部转投到其他公司去。"

这是打破帝国重工的传统和桎梏，可谓深入圣域的决断。

三个月后，伊丹随机械事业部部长的场造访了位于八王子的重田工业总部。

伊丹拼死工作了三个月，组建了一个十人小组，基本确定了发给重田工业的零部件订单要转投哪里。

"没想到的场部长亲自来访，真是太荣幸了。"登志行社长走进会客室，当即笑容满面地对的场和伊丹表示了欢迎，"最近一直没怎么联系，我正准备登门拜访呢。"

"不麻烦您了。今天来是因为有事与您商量。"

登志行坐直了身子，好奇会是什么事。

"是关于伊丹此前一直请求贵公司探讨的成本控制事宜。"

的场说出这句话后，登志行的表情顿时阴沉下来。从他的反应可以看出，他原本以为是有新订单了。

"伊丹再三提出请求，可您直到现在都没有什么表示。"的场轻描淡写地继续道，"伊丹在报告中提到，贵公司十分重视与外包厂商和供货商的合作，为此保持着一定的技术实力，对吧？"

"对啊，多亏了他们，本公司才能采购到优质的材料，并向贵公司提供高品质产品。"登志行骄傲地说。

"我们的合作,到此为止吧。"

的场突如其来的发言让登志行愣住了。

"请、请问——到此为止是指……"

"我们两家确实合作多年,但我司考虑本期订单结束后就终止交易。今天来就是为了通知您这件事。"

登志行的脸色顿时变了。原本游刃有余的感觉消失无踪,嘴唇失去了血色,脸颊都开始颤抖。

的场继续道:"如您所知,我司近年来业绩非常不理想,目前改善这一情况是当务之急。然而,我司再三请求降低成本,贵公司却不予理睬。控制成本对我司来说是至关重要的,无论贵公司有何原因,我们都希望您予以支持。"

"不是,不对啊,的场部长。我们一直在提升品质啊,这不是我们之间的共识吗?"登志行反驳道。

"恕我直言,这只是您单方面的想法。"的场呛得登志行无言以对,"而且据我所知,您还在合作会上对我司的政策发表了一些意见。"

登志行的眼神僵住了。

"我司固然与贵公司有长年的合作历史,但对我司来说,贵公司算不上真正的合作对象。在我个人看来,贵公司只是一家靠啃老本过活的企业。而我们日前为了摆脱业绩不振的情况,正在推行改革。伊丹反反复复向您提出相关请求,请问贵公司是否有过认真的回应?基于这种情况,我司内部深入探讨了如何应对贵公司的不合作态度,最终决定结束与贵公司的合作。"

登志行动了动嘴,仿佛想说点什么,但可能是过于震惊,一个字也没说出来。过了一会儿才好不容易挤出了声音。

"请、请等一等。"他双手抬至胸前,像要推开什么东西,

"我们都合作这么多年了啊。"脸上勉强挤出来的笑容有些扭曲，"伊丹先生确实对我说过……如果情况这么紧急，我们可以再考虑考虑啊，想一个提高品质以外的解决方式。请您给我个机会吧，的场部长，求求您了。"

登志行站起身，双手撑在桌子上，俯下身子恳求。

他打算怎么办呢？伊丹瞥了一眼的场。

如果他只是想吓唬吓唬登志行，那现在目的已经达成了。接下来的场会不会答应对方，说"姑且给你一次机会"呢？不过，出乎伊丹的预料，他目光瞥到的是一张冰冷的侧脸。

"这是我司已经决定的事。"的场断言道。

"请、请等一等啊。"

登志行的脸上没了血色，狼狈地跑出了房间，不久后带着一位老人回来。

"的场部长，欢迎您大驾光临啊。"会长登志信面色苍白，匆忙打过招呼后开口道，"我刚才听社长说明了情况，在我不知情的情况下竟然发生了这么多事，真是太失礼了，实在抱歉。"

老人深深低下了头，能看到稀薄的白发下裸露的头皮。

抬起头来后他又马上鞠了一躬，说道："请您继续与本公司合作，麻烦您了。"

他说的不是"请您考虑考虑"，而是"麻烦您了"，语气里也透出身为会长的自信与决意。

"您是不是哪里搞错了？"

在这令人窒息的紧张气氛中，的场寸步不让的话语显得格外刺耳。

"拥有代表权的会长怎么会不知情，现在这个借口不管用了。"

"真是不好意思，藤冈先生没有对我提起过。"登志信说出了帝国重工会长的名字，"这件事藤冈先生一定还不知道吧，您再回公司讨论讨论，上边一定会给我们一个机会——"

"机械事业部的成本改革战略全权交由我来推进。"的场毫不让步，"我司已决定自明年三月正式终止与贵公司的合作，请您理解。"

"三、三月？"会长瞪大了眼睛，随即涨红了脸，"那可不行。的场部长，这件事还请您宽限宽限，求求您了。"

说着，老人直接把额头顶到了桌面上。

然而的场说出了冰冷的话语。

"您这不是自作自受吗？是贵公司无视我司的请求，多次不予回应，才导致如今的结果。您不知道我们面对毫无增长的利润，经历了多少困苦吧，伊丹你说对不对？"

一直静息旁观的伊丹突然被叫到，慌忙点了点头。

登志信将凝重的目光聚焦在伊丹身上，让伊丹紧张地咽了口唾沫，他从那双眼睛里看到了疾风骤雨般的感情。

"明年三月正式结束。请贵公司理解并合作。"

的场站起来，会长猛地伸出手，狠狠地抓住了他的胳膊，感觉就要攥出声响来。

"请等一下，的场部长。"会长像是豁出去了，"要是没有了贵公司的订单，我们就活不下去了。求求您——求求您再考虑考虑吧。"

的场目不斜视，用力甩开他的手，留下一句"告辞"就走了出去。

"部长，部长！"

会长紧随其后，身子狠狠地撞到了桌角也不管不顾，登志行则呆站在一旁一动不动。

伊丹看了他一眼，意识到这还是头一次看到人类有这样的表情。

绝望和愤怒，以及让从容赴死之人都彷徨犹豫的悲伤，各种复杂的表情凝聚在那张脸上。

过了一会儿，两人回到了公司用车上，坐在副驾驶席上的的场恶狠狠地说："真是纠缠不休的家伙。"

这样真的好吗？伊丹忍不住心生疑问。

重田工业有几千名员工。他感到痛心，因为想到了父亲的公司。

父亲为了守护员工可以说拼尽了全力。

对经营者来说，最糟糕的情况莫过于让员工和他们的家人流落街头。伊丹身为城镇工厂经营者的孩子，更是对此深有感触。

可是现在自己做的事情，就是让那些员工流落街头——顶着大企业的逻辑。

我的工作究竟是什么？让那么多人失业，让那么多人陷入迷途，控制成本的价值真的比这些更重要吗？

他头一次对帝国重工的企业态度产生了怀疑。

正如的场所宣告的，帝国重工与重田工业的合作在第二年三月正式结束了，所有订单都转给了以伊丹为中心的小组遴选出的几家企业。

半年后，重田工业进入公司重组程序，重田父子被逐出了公司管理层。

5

伊丹不知道重田后来经历了什么。如今已经过去八年，他做梦都没想到"登志行"这个名字竟会以这种形式出现在他眼前。

结束回忆后，伊丹注意到了青山的视线。

"我想问个问题。"伊丹说，"资料上说代达罗斯的社长是五年前上任的，请问您知道这位重田社长在此之前的经历吗？"

"更早以前他应该在经营自己的公司。公司名称我一时想不起来了。"

"重田社长还说了什么没有？"

"您的意思是？"青山一脸无辜地反问了一句，也不知是不是在装傻。

"其实，我以前跟重田社长有过一面之交。"伊丹含糊地补充道。

"我没听他说过什么。"

青山摇了摇头，但实际怎样也不好说。可能是为了避免伊丹再三打听，才说了这样的话，看来此人也是深不可测。

"您不如直接问他吧？重田社长也说想跟伊丹先生见上一面，当面询问您的想法。"

伊丹深吸了一口气。

跟重田再会，想到这里，就觉得喉咙被什么东西哽住了。

该不该见他呢？

"其实今天重田社长正好到所里来商量事情。"

还没来得及下决心，青山就说出了令他意外的话。

"您要跟他见一面吗？如果伊丹先生没意见，我这就把他带过来。"

不可能是碰巧过来的。这是一次早就安排好的会面。

伊丹感觉到自己被算计了。

"好，没问题。只是简单地见面打个招呼，我完全没意见。"

他强装镇定地说。

既然如此，就跟对方见上一面吧，看看究竟是不是那个重田，万一不是呢。

"请稍等片刻。"

青山说完离开了会议室，很快又独自回来了，说："他马上就来。"

话音未落就传来敲门声。最先进来的是中川，他脸上带着微笑，锐利的目光注视着伊丹，随后说了声"请进"，把身后的人让了进来。

"好久不见了，伊丹先生。"

听到这熟悉的洪亮嗓音，伊丹下意识地站了起来。

是那个身材高大的重田，不过曾经圆润的他已变得结实有型，记忆中那张傲慢的面孔此时带有以前所没有的暗影——那是一张经历过炼狱的男人的脸。

此人正是重田登志行。

"您还记得我吧？"重田在伊丹面前重重地坐了下来，微笑着问道。

"八年没见了。"

伊丹有点紧张，同时又生出一点好奇。因为公司重组法的规定，此人那时退出了经营舞台，之后他是怎么复出的？

"我一直很想知道您后来怎么样了。"伊丹边说边观察重田的表情。

"您真好意思说啊。"重田笑了笑，目光中带着赤裸裸的讽刺看向伊丹，"杀死我们父子的不就是你们吗？"

重田的话让中川和青山都屏住了呼吸。

"当时辜负了您的期待，实在对不起。"伊丹没有流露一丝感情,"不过,那时我们也是情况危急。"

"我老爸死了。"重田盯着墙壁,突然冷冷地说,"他本来心脏就不好,再加上那场骚动,就失意而死了。"

"请您节哀顺变。"

伊丹实在想不到别的话。

重田继续道:"我其实很感谢你,多亏了你,我才注意到了自己的才能。"

重田究竟想说什么呢?

"也是到了现在我才能这样说,老实说,当重田工业的社长太无聊了。那是老爸创立并一手拉扯大的公司,发展方向都固定了,我还不得不扛下老爸留下的那堆无法轻易解约的合作方、员工和工厂。这些都是惊人的成本啊。当时我只感觉到无从化解的阻力,而你们,毫不留情地抛弃了我们公司。"

"后来重田社长重新创业,步入小型发动机领域了。"中川声音谄媚地补充道。

"我们隐藏了一笔财产,以备不时之需。当然不是我藏的,是我老爸藏的,他可能想等风头过去了东山再起吧。没想到那笔钱最后成了让我继承的遗产。"重田满不在乎地说,"就在我琢磨要用那笔钱干什么的时候,碰巧听说某家公司陷入了经营困境。那是一家我们曾特别关照,遇到困难时也坚持支付货款、不给他们添麻烦的公司。而且是一家跟发动机有关的公司,可以应用到我以前积攒的经验和人脉。于是我收购了那家公司,试图开始用在重田工业时被压抑的、我自己的办法去重振。我展开了大刀阔斧的裁员政策,变更了公司名称,创立新的员工守则。说起来很讽刺,正因为重田工业破产了,我才第一次拥有了经营的自由。"

重田从西装胸前的口袋里掏出名片,抽出一张递给伊丹。

代达罗斯股份有限公司　董事长　重田登志行

　　"代达罗斯快速成长，到了探索新事业的阶段。接下来我看上的是变速器，也就是您的公司。"重田目不斜视地看着伊丹，继续道，"您还记得吗？我以前通过M&A中介向您提出过收购提案，结果还没报上名号，就吃了个闭门羹。"

　　伊丹想起来确实有过这么一件事。当时他完全没想过卖掉公司，所以还没听对方报出公司名称就一口回绝了。也就是说，重田很早以前就看上幽灵传动了。

　　"后来我通过某个渠道打听到，您家最近卷入了一场纠纷。"重田并没有说是什么渠道，"我觉得这一定是老天给我的机会。同时擅自想象，这对你来说也许也是个机会。"

　　重田早就看透了伊丹被逼上绝路的现状。

　　"这是重田社长提出的收购条件概要。"

　　中川递过来一份文件，并替重田朗读出来。

　　"第一，收购并非以重田社长个人名义，而是以代达罗斯股份有限公司的法人名义进行。第二，代达罗斯股份有限公司愿意负担所有幽灵传动与凯马机械的纷争及赔偿事务，但希望幽灵传动以全部股份无偿转让作为交换……最后，请伊丹先生继续担任社长。"

　　"怎么样，条件很不错吧？你不可能拒绝。"

　　重田静静地看着伊丹，等待他的回应。

　　只要答应下来，或许真的能摆脱眼前的困境。

　　可是，那份文件上有一句伊丹无论如何都无法点头的话。

　　那就是不能保证全部继续雇佣现有员工。要是答应了，他身为城镇工厂家孩子的身份就会遭到践踏。

应该拒绝。

可是——

"条件我都明白了,能给我一点时间回去讨论吗?"

令伊丹惊讶的是,他竟然说出了这种话。与此同时,他又想起了父亲的话——最难看的姿态,莫过于被金钱束缚。

伊丹的心中涌起了一阵苦涩。

6

"交涉得怎么样?"傍晚,伊丹沉着脸回到公司,岛津马上过来询问。

"凯马机械完全不给交涉的余地。"

伊丹坐在社长室的椅子上,叹了口气。他没有看岛津,而是盯着墙壁。

岛津已经预料到没有交涉的余地,转而问道:"末长老师怎么说,你问过了吗?"

"他说他跟中川律师没什么私交。"

"他在说谎吧。"岛津蹙着眉说。

"对,他在说谎。"

伊丹若有所思地回应着,语气显得有些呆板。

"神谷老师给的报道,你让他看过了吗?"

"没给他看。"伊丹太累了,艰难地摇摇头说,"要是末长先生真的跟那边有来往,我们最好别让他发现这件事已经败露了,这样更容易让对方探明底细。"

伊丹打开公文包,取出一个信封放到桌子上。是神谷在他们离开时递过来的信封,里面装着一篇杂志文章的复印件。

是去年刊登在业内杂志《法律事业》上的文章，配了一幅占两个版面的巨幅照片，照片上，末长孝明和中川京一两名律师并肩而立。

文章以骄傲的语气讲述两人自司法研习生时代便是亲密的好朋友，现在也时常相约打高尔夫、吃饭，感情很好。这对伊丹和岛津来说无疑是一道晴天霹雳。

后来伊丹稍微查了一下，发现这份业内杂志去年停刊，文章大多没转载到网上，所以之前上网络检索时没发现。

因此他可以坦率地说自己跟中川没关系，无须担心被拆穿——末长的想法很容易就能猜测到。

"要是末长老师跟中川暗中勾结，那就算打起官司来也不会有好结果。要不还是去找神谷老师吧？为上回的事道歉，然后拜托他，他应该会答应。"

岛津这样说着，伊丹却只含糊地"嗯"了一声。

"喂，你怎么了？"

岛津感到他的态度很奇怪，便问了一句。

"没什么。"短促地应了一声后，伊丹的视线落到斜下方，"就是有点累了。"

接下来他说的话有点像自言自语。

"人的信念啊，说不定就是靠不住的东西。"

他是在说末长吗？但岛津觉得不是。

"伊丹君，你在考虑什么呢？"

没有回答。

屋里只有令人窒息的沉默。

两周后，东京地方法院给他们发来了诉状。

7

"回来啦,吃饭没?"

女儿利菜晚上十一点多才到家。

"还没,快饿死了。"

利菜一脸疲惫地倒在佃旁边的沙发上。

"又在学习?爸爸你很上进嘛。"她看着铺满茶几的论文和期刊感叹,还翻了个白眼。

"休息休息吧,我看你都累坏了。"

最近佃一直在阅读日美、英国,甚至法国的专业期刊和论文。

"搞这么多论文回来,你又要研发新东西了?"

"读这些不是为了研发。"佃抬起头来,"我是想救一家公司。"

"救一家公司?"利菜呆呆地问,"读论文能救公司?你在说什么呢?"

佃把神谷律师说的话告诉了利菜,女儿立刻感慨道:"原来是这样啊。我明白了。那家公司都站在悬崖边上了也不放弃战斗,态度很厉害啊。"

她坦率地发表了感想,接着又说:"在这一点上,我们的公司就很没用。"

"出什么事了?"佃故作不经意地问。

三年前,利菜大学毕业,进入帝国重工成为一名研究员,并被分配到宇宙航空部。如今利菜已是支撑火箭发射项目的骨干技术员之一,坚持在一线奋斗。

"今天的场董事来参加我们研发部门的会议,提出大型火箭不划算,因此日后不仅要考虑火箭本体的成本控制,还可能裁员，态度特别强势。加上我们的靠山财前部长很快就要调离现场了，现在所有人都很沮丧。当然也包括我在内。"

"这样下去，大型火箭项目有可能被撤销吗？"佃问道。

利菜表情悲凉地点点头。

"我是那次看了火箭发射才决定进入帝国重工的，要是大型火箭项目被撤掉，不知道今后该怎么办了。而且，要是我们公司不做火箭了，你们公司也会很为难吧？"

"是啊，到时候我们的阀门系统可就派不上用场了啊。不过谁知道呢……"佃凝视着起居室的虚空，思考了一会儿，说道，"虽然会经历苦难和曲折，但我认为日本的公司应该不会放弃大型火箭事业。"

"你为什么这样想？"利菜问。

"因为大型火箭上使用的都是世界最尖端的技术。"佃继续道，"是为了火箭发射不断燃烧热情的技术人员努力的结晶，是非常宝贵的成果。谁会为了眼前的小利舍弃如此宝贵的财富呢？这也太扯淡了。这个国家，还有帝国重工，都没有那么愚蠢。我现在虽然只是一介城镇工厂的厂长，但曾经参与过火箭发射事业，我坚信这一点。"

利菜默默咬住了嘴唇，半晌后说了一句："我将来也想成为这样的人啊。"然后勉强挤出了一个微笑。

"你已经是一名优秀的技术人员啦。"佃鼓励着眼中含泪的女儿，"接下来你只要注意别像我这样遭受挫折就好。"

"虽然爸爸遭受了挫折，不过依旧是一名优秀的技术人员。"利菜一本正经地说，"我认为你是一名值得尊重的研究者。"

佃看着女儿，这番意想不到的话语让他有些恍惚。这孩子平时断然不会对他说这种话，看来孩子也有孩子的心思啊。

"你说这话哄得我好开心啊。"佃故意戏谑地笑着说,"你就不要去想将来,先把眼前的工作做到最好吧。反正你不去想,未来也会自己走到你面前来。"

"爸爸也是。"

利菜瞥了一眼桌上的论文山,嘟囔着"饿死了",去厨房热晚饭了。

几天后,佃终于找到了一篇有用的论文。

第八章 记忆的构造

1

诉状的内容与此前交涉中对方提出的主张完全一致。

幽灵传动生产的"T2"变速器构成专利侵权,凯马机械要求其支付授权费,合计十五亿日元。

要是败诉,这么一笔钱能把幽灵传动压得粉碎。

而目前看情况,他们无限接近于败诉。

"简而言之,就是命悬一线。"

岛津看完诉状,冲坐在扶手椅上沉思的伊丹问了一句:"怎么办?我们不能跟末长老师继续合作了吧?"

"刚才我给佃先生打电话说了诉状的事。"伊丹叹口气说,"我准备明天下午去找他商量今后的事情。你会一起去吧?"

问完他又感叹道:"神谷老师果然是对的,我只能承认了。"

此时,岛津疑惑地看了一眼伊丹,她觉得社长还有所隐瞒。因为两人已合作多年,她才能看出这种细微的异常。

与社长室一扇玻璃窗相隔的办公室内,员工们都惴惴不安地朝这边看着。现在全体人员都知道他们被凯马机械告了。

伊丹走出社长室,召集所有员工,把幽灵传动目前所处的情况简单介绍了一下。

"要是官司打输了,我们付得起授权费吗?"柏田脸上失去了血色,有点畏缩地问。

"老实说,我们掏不出那么多钱。"伊丹毫不隐瞒,"凯马机械深知这一情况,才提起了诉讼,他们就是想把我们搞垮。不过有愿意提供帮助的公司。不管怎么说,我一定会保住大家的工作的。让各位担心了,但我希望大家还像以前那样安心工作。拜托。"

伊丹铿锵有力的话语得到了部分员工的信任,有人点了点头,可是柏田再次举起了手。

"请问——愿意帮助我们的,是什么公司啊?"

伊丹顿了顿,心中有连他自己都没察觉的犹豫。

员工们会对佃制作所这个名字做出什么反应?

佃制作所真的会帮助他们吗?

不过,此时伊丹没有含糊其词,他明确地说:"有一个候选是佃制作所,佃先生已经正式提出愿意提供帮助。"

现场的气氛出现了微妙的变化——至少岛津看来是这样。大家想必都以为会听到某个大企业的名字。

之后没人再问什么,就这么散会了。

有点不对劲。

岛津想,换作平时,伊丹一定会用一番有说服力的演讲让所有人心服口服。可是此时,伊丹似乎缺乏带动员工的激情。

还有一点让她很在意。

他说佃制作所是"一个候选",难道还有其他候选吗?

果然不对劲。可是此时岛津还不知道究竟哪里出了问题。

"要是能熬过去就好了。"

柏田当晚不知叹了多少气,呆呆地盯着推起来磕磕绊绊的玻璃窗。

下班后他跟几个同事去了公司附近经常光顾的居酒屋,课长堀田坐在窗边座位上,把啃得一点肉都不剩的鸡骨头放到盘子里,一脸泄气地拿起纸巾擦了擦手,说:"事情已经成这样了,就看社长怎么努力吧。"

"与其说看社长,更应该说看佃制作所吧。"

跑业务的山下心里很不安,他进公司的时间没有柏田长,是社招进来的,比柏田大三岁,今年刚满三十。

"我入职的时候还听说将来要上市呢,是不是被骗了呀。"他抱怨了一句。

"现在哪儿还有心思谈什么上市,都是关乎存亡的危急时刻了。"同属于营业部的志村在旁边说。这人平时口无遮拦,今天倒是没有了平时那副牙尖嘴利的模样,"佃制作所不是跟我们差不多的中小企业嘛,能靠得住?"

听了伊丹的介绍,肯定所有人都产生了这个疑问。

之所以没有当场提出来,与其说是为了照顾伊丹的面子,更可能是害怕听到回答。

"我听说佃制作所是一家资金特别雄厚的优良企业,说不定真的能搞定我们被要求支付的授权费。"

堀田掌握的情报足以堵住那三个人的抱怨了。

"那他们愿意出钱吗?"山下先说了一句,想了想又说,"可是,我们就要加入佃制作所麾下了吗?"

"嗯,就是这样。"

堀田一句话让暂时消散的阴霾重新笼罩在了众人头上。

"还有其他消息吗?"柏田绷着脸,问正在喝烧酒的堀田,"你刚才不是跟岛津姐聊过吗?"

堀田险些把嘴里的烧酒喷出来。"你看得好仔细啊,怎么不好好工作呢!"

不过他见瞒不过去,便凑过去,压低了声音说:"这话可别外传。据说佃制作所给我们介绍了专门从事知识产权业务的优秀律师，所以我们可以先在法庭上斗一斗，万一官司输了，真正要支付授权费时，佃制作所再伸出援手。相当于做了两手准备。"

"连律师都要靠佃制作所啊。"志村无可奈何地说着，点燃一根香烟，"这样真的好吗？我反正是不会相信别人家的律师。很厉害？说得好听。这种情况下了他还能做什么？我觉得啊，佃制作所只是帮顾问律师介绍了一桩生意而已。"

"佃制作所希望提供帮助是真心的。"柏田用力握住挂满水珠的酒杯，"我们做逆向工程的时候，他们都拿出了看家本领来帮忙，那不是弄虚作假。"

"话虽如此，但他们也只是个中小企业啊。"

志村伤心地笑了笑。

"我们不也是吗？"柏田反驳了一句，却没有再说下去。

现在他们能做的，只有听天由命。

2

"社长，幽灵传动后来怎么样了？"

傍晚，看见佃出现在三楼，立花问了一句。旁边的亚纪也担心地皱着眉。

"刚才那边来电话，说收到诉状了。"

"那……"亚纪惊讶地瞪大眼睛，"就是要打官司了吗？"

"应该会输掉吧。"旁边的轻部说。

"轻部哥，你别说这种不吉利的话呀。"

亚纪说了他一句。

"我觉得顶多只能让他们减少一些授权费。"轻部的意见极为尖锐,"要是幽灵传动的律师有高招还好,可高招不是随便想想就能想到的。"

"说到律师,他们说想拜托神谷老师来打这场官司。"佃说。

"他们以前的律师呢?幽灵传动不是有自己的顾问律师吗?"立花惊讶地问。

"好像和那位律师解除顾问合约了。"

佃这么一说,连轻部也大吃一惊。于是他简单讲了讲中川和末长的关系。

"连律师也腐败到这种地步了啊。"不知是生气还是无奈,轻部冲着天花板叹气,"每个行业都有好人和坏人啊。可是这样看来,凯马机械此时控告专利侵权,恐怕动机也不单纯吧。要是勾结了对方的顾问律师,那凯马机械就能拿到幽灵传动的研发信息。说不定他们是故意安排凯马机械申请专利,然后以此起诉幽灵传动侵权。这也不是不可能的吧……"

"这不是犯罪吗?"亚纪提高了音量,"能不能想想办法啊?"

"如果能证明那个叫末长的律师泄露了信息,倒是能有办法。只是,很难说啊。"轻部歪着头想了想,"假设这是一开始就谋划好的,他们肯定不会留下明显的证据。更何况是知名律师。"

"话说回来,神谷老师会答应接手吗?"立花说出了最关键的问题,"这可是一场几乎没有胜算的诉讼啊。社长,您觉得呢?"

"我打算先跟神谷律师谈谈。"佃回答,"都要等明天见到伊丹先生他们再做决定。老实说,我也很难判断情况,只能说并非全无胜算。"

"哦?真的吗?您要用什么方法?"轻部好奇地问。

"你们别传出去。其实灵感来自一篇论文……"

所有人都认认真真地听起了佃的话。

3

"百忙之中辛苦您了。"

伊丹和岛津来到社长室,一脸不好意思地落了座。上回在神谷·坂井事务所差点吵起来,这次再见,他们难免有点尴尬。

"有件事,我想当面向您汇报。"

伊丹两手握拳放在膝头,挺直身子仿佛要发表什么演说。

"上回跟您商量的那件事,后来交涉无果。昨天法院送来了诉状,内容就是我在电话里说的那些。"

说完他从一个褐色信封里拿出诉状,放到佃面前。

"还是来了啊……"

"我们希望委托神谷老师进行辩护。"伊丹直视着佃,"只是,前几天因为无知,对神谷老师说了很失礼的话,恐怕给他留下了不好的印象。希望佃先生能替我们美言几句。拜托您了。"

伊丹跟岛津一起低下了头。

"神谷老师马上就要到了。"

佃话音刚落,就传来了敲门声,两人顿时瞪大了眼睛。

"您好,打扰了。"

大大咧咧走进来的人正是神谷。

伊丹和岛津表情肃穆地站了起来。

"老师,上回失礼了,实在很抱歉。"

伊丹几乎把腰弯成了直角,向神谷道歉,岛津也跟着低下了头。

"哦,没事的,我不在意。"神谷轻描淡写地说完,马上问道,"怎么样,那份杂志文章,派上用场了吗?"

"我为自己的糊涂感到羞耻。"伊丹咬牙切齿地说。

"能跟我说说情况吗?"

神谷听伊丹把他们跟中川交涉的经过,以及他后来与末长的谈话描述了一遍。

听罢,神谷问道:"能够证明末长先生向凯马机械泄露了研发信息吗?"

"如果他非法接触过我的研发文件,应该是有证据的。可如果是这样,我应该早就发现了才对。"岛津回答,"所以我想,可能是末长老师把我交给他的信息泄露出去了,这样一来我们就无法证明了。"

神谷点点头,然后问伊丹:"您打算怎么处理末长律师?"

"我要跟他终止顾问关系。"伊丹说完凑了过去,"恕我失礼,请问神谷老师愿意当我们的代理人吗?麻烦您了。"

说完又跟岛津一起低下了头。

"我想提个问题。"神谷对两人说,"请问两位认为这场官司能赢吗?"

"这个⋯⋯"伊丹忍不住躲开了视线,"我们没有找到交叉授权的机会,也没有律师泄露信息的证据,从目前的情况来看,我知道这将是一场艰难的诉讼。不过就算得到最坏的结果,我也不打算把责任推给任何人,我们将全部承担。"

"可是伊丹先生,我要跟你说一句,我不打会输的官司。"

神谷的回应让伊丹露出了困惑的表情。

"可是眼下这个情况——"

神谷没让伊丹说完,转头问岛津:"岛津女士,上次我跟您谈话时,谈及问题焦点的副变速器时,您是这样说的吧。'因为我把它当成了既有技术。'请问这是为什么?"

"你问我为什么⋯⋯"

岛津一时词穷。神谷目光锐利地看着她，见她久久没有回应，就从公文包里拿出了一份文件。

他没有做说明，只说了一句"请看"，然后推到岛津面前。

岛津先是面露困惑，翻开看了一眼内容后惊讶地瞪大了眼睛。佃把这一切都看在眼中。

"要是佃先生没有发现这篇论文并发给我，那么这项委托我连考虑都不用考虑，会直接拒绝。"

神谷看向佃，说："我后来也看了一些论文集和专业杂志，但没有找到这一篇。佃先生，老实说，我真的吃了一惊，这都能让您找到，我真是太佩服您了。"

"没什么。"佃摆了摆手，"一开始我也跟老师一样，光顾着找知名论文集和专业杂志上的论文数据库，结果什么都没找到。后来我盯上了一些虽然对外公开，但其实很难被看到的论文……"佃看向岛津，继续说道，"比如东京技术大学发行的论文集。而要在那里找到岛津女士读研究生时所写的论文，并不是什么难事。"

"原来如此，您的想法真棒。"神谷由衷地夸赞道。

佃连忙推辞说自己只是运气好，随后一本正经地请求道："神谷老师，能请您代理幽灵传动，参与此案吗？"

伊丹和岛津闻言深吸一口气，注视着神谷。

"那是当然。"神谷点点头，语气有力地说，"让我们一起击败凯马机械，不，一起战胜中川京一吧。"

4

"诉状应该到了，伊丹社长说什么没？"

中川的问题让末长停下了斟酒的手。

两人在赤坂的一家和食店，这里饭菜精致，但贵得吓人，除了特别精通的美食家，一般人很难理解这里的好。

"什么都没说啊。"末长若有所思地回答，"收到了应该马上联系我才对。上回你提了收购的事吧？"

"我按照计划，让他跟重田社长见了面。我觉得伊丹社长当下受到了很大的冲击。"中川露出坏笑，"最后他说回去考虑考虑。从结论来说，伊丹社长除了答应收购，别无选择。"

"我也是同感。"末长的表情阴沉下来，"不过有件事我很在意……"

他道出了伊丹询问他与中川私交的事。

中川脸上的笑容完全消失了，他狐疑地看着末长。

"他怎么会问这个？该不会是您说了什么，让他有所察觉了吧？"

"怎么可能？！"末长不高兴地摇了摇头。

中川第一次跟他提起有个能赚大钱的事，是在三年多前吧。当时末长没有多想，只觉得是跟他关系不错的同行找他一起去做些轻松的工作。

那次他们是在中川经常光顾的位于银座的意大利餐厅见的面，像平时一样相谈甚欢。去酒吧续摊时，坐在吧台座位上，中川压低了声音对他说："对了，末长老师，您跟幽灵传动这家公司签了顾问合同，对吧？"

虽然是同一年通过的司法考试，不过末长比他大两岁，所以中川一直对他用尊称。

"幽灵传动？"

突然听到这个名字，末长有点困惑，但点了点头。

"我是他们的顾问。怎么了？"

"其实，我想找您要一点研发信息。"

中川说得非常直白。

末长拒绝了。可是——

"我给您这个数。"中川竖起了三根手指。

"三百万日元？"

末长摇摇头，却听见中川好似耳语一般说道："单位是亿。"

虽然挂着知识产权专业的招牌，但老实说，末长并没有多少企业客户，事务所的经营状况一直不太好。中川恐怕知道他的窘境，才提起这件事。

"只要是有用的信息，您拿出来的那一刻，我就给您这个数。"中川竖起了一根手指，"剩下的等收购完毕后支付。绝对不会给末长老师添麻烦。"

末长心里纠结了一会儿，但没有持续很长时间。这么多钱不仅能重振事务所，甚至能轻松买到他想要的好车，成为高尔夫俱乐部会员。

"你想要什么研发信息？"

"拒绝"这个选项已经消失了。

中川的计划极为详尽。他要向实施激进知识产权战略的客户凯马机械提供技术信息，让他们先行拿到专利，然后再控告幽灵传动侵权。幽灵传动被逼上绝路之时，他再提出代达罗斯的收购方案。虽然会要求支付十五亿日元的授权费，不过他们已经事先商定好，这笔钱大多数会以律师费用和顾问费的形式回流到中川和代达罗斯的口袋中。

几个月后，末长拿出了幽灵传动的最新变速器"T2"的研发信息。

事情按计划进展顺利，几天前，中川吩咐他在交涉后找到伊丹，方便这边的人介绍有意收购的公司。具体计划是等两人分开后，副顾问青山律师到楼下去叫住伊丹。在如此迂回的安排中，唯一计算外的内容便是末长跟伊丹在门口谈话时，伊丹突然问到他与中川的关系。

当时伊丹的疑问足以动摇末长律师事业的基础，虽说可以将其看作与酬金相匹配的风险度，可真正面临质问时，末长显然没有泰然处之的器量。

"不管怎么说，他早晚会找末长老师商量收购事宜的，届时请您诱导他接受，好吗？您就把这当成拿到佣金的条件之一，没问题吧？"

"不用你说我也会这么做的。"

毕竟剩下的两亿拿不拿得到就看这一步了。

两天后，幽灵传动的伊丹给末长打来了电话。

5

"上次真是辛苦了，后来情况怎么样？"

末长拿着记事本走进会议室，对起身迎接的伊丹和岛津挥挥手，请他们坐下。

"是这样的，我们收到了凯马机械的诉状。"

听到伊丹的话，末长露出吃惊的表情，并询问收到诉状的日期。

"伊丹先生，您应该早点儿过来找我啊。"他抱怨道，"第一次口头辩论是什么时候？"

说完他就等着伊丹拿出诉状，但伊丹只是看着他，没有动。

"那个……先让我看看诉状好吗？您带来了吧？"

末长催促了一句，伊丹却依旧目光疏远地看着他，然后说："末长老师，恕我唐突，我们的顾问合同能在这个月底结束吗？"

什么意思？末长被打了个措手不及，大脑陷入混乱，无法思考，本能地感受到了强烈的危机。

"您这是什么意思？"

"您不明白吗？"

伊丹瞥了一眼末长。末长看到了对方目光中的疑念，心中产生了动摇。

他知道了。

"经过内部讨论，我们决定请其他律师辩护。多年来深受您的照顾，真是谢谢了。"

伊丹说完，行了个礼。

"您要终止合同当然没问题。"末长虚张声势道，"可是啊，这场官司无论谁来打都一样，这点请您明白。就算换一个律师，也只不过多出许多麻烦而已。"

"我们并不这么想。老师您也知道，不是吗？"

这句话让末长的自尊心受到了伤害，刚才的狼狈反倒点燃了他心中的怒火。

"那位律师说他能赢吗？"

"对，正是这样。"回答他的人是岛津，"我们决定把赌注压在那位律师身上。"

"哼。"末长努起嘴，问道，"所以，你们是要委托谁来辩护？"

"是神谷修一律师。"

伊丹报出这个名字，末长倒抽了一口气。神谷竟然会接这种案子？吃惊的同时，他又有种自己被大人物替换掉的嫉妒之情。

"原来是神谷先生啊。那很好呀。"末长轻蔑地说,"不过,你们觉得换个名人,就能打赢这场官司吗?"

"神谷老师说,注定会输的官司,不如不打。"

"那就别打呀。"末长气愤地说,"干脆找家公司把你们收购了,让他们支付授权费。从结论来说,你们也只能这样做。"

伊丹默不作声,定定地看着末长。他的目光似乎穿透了衣服和皮肤,一直看进了律师的内心深处。

"这到底是要干什么啊?你们要出庭就出庭呗。"末长耐不住沉默,干脆放弃了,"请你们尽情去,反正到最后还是会意识到那只是白白浪费时间和金钱。"

"请问老师,您是从什么时候预料到会有这场诉讼的?"

岛津突如其来的提问让末长屏住了呼吸。

"你说什么?"

"我就是想知道,老师究竟什么时候料到事情会变成这样。"岛津继续道,"而且听说末长老师跟中川京一关系很好啊,您为什么没告诉我们呢?"

"你、你在说什么呢!"

被人戳中痛处,末长顿时一脸狼狈。

"我跟中川怎么可能关系好。是谁说的?完全是一派胡言!"

"哦,是这样吗?"岛津冷冷地说完,催促旁边的伊丹,"走吧,这人不行了。"

她的态度让末长面色大变。

"你太失礼了吧。你有什么证据?"

伊丹和岛津一起站起来,重新看向末长,各自点了一下头。

"之前承蒙您照顾了。"

"这是给您的饯别之礼。"

岛津从包里拿出一个信封递过去，然后二人快步离开了。

"这帮人太没礼貌了！"

末长怒吼着，用力把信封往桌上一拍，之后拿出里面的东西看了一眼，当场愣住，甚至无法控制颤抖的手。

信封里是一份复印件，上面中川京一跟他并肩站着，冲现实中的末长露出了笑脸。

末长猛地回过神来，慌忙掏出裤袋里的手机，拨通了一个号码。

"您好，请问有什么事？"中川装模作样的应答声显得游刃有余，让末长更加气愤了。

"是幽灵传动那件事。中川老师你有时间吗？"

"哦，当然。对方同意接受收购了吗？"

电话那头传来愉悦的声音。

"不。"末长死死握住手机，摇了摇头。

那边是一阵疑惑的沉默，末长恶狠狠地说："他们终止与我的合作了。"

"哈？"中川惊呼一声，没再发出其他声音。这次的沉默不是疑惑，而是遭到了一记重击。

"我跟你的关系暴露了。以前我们不是上过业内杂志吗？他们把那篇文章扔到我面前，然后走了。不会出事吧？"

"会出什么事？"

"我向你们提供信息的事情，不会败露吧？"

"当然不会。"

中川也有点烦躁，可见这一意想不到的情况也给他造成了不小的冲击。

"那份杂志都停刊了，他们从哪儿——"

"是神谷。神谷修一。"末长大声说道,"神谷好像成了他们的顾问律师。"

一阵沉默。

"这就有意思了。"听筒里传来中川愉悦的声音,"那个神谷竟然成了幽灵传动的律师吗?他们这是觉得只要请来神谷就不会输吗?"

"他们说要把官司打赢,在此之前先不谈收购。"

"真是愚蠢。"中川骂了一声,然后充满挑衅意味地说,"既然他说能赢,就赢赢看吧。"

"这话你别对我说,对神谷说去。"末长马上回了一句,然后继续道,"总而言之,你绝对别把我向你们提供信息的事情说出去。还有,等收购的事情定下来,别少了我的报酬。"

"这我知道。"中川又变回装模作样的语气,挂掉了电话。

这时响起了敲门声。

"进来!"末长烦躁地应了一声,只见秘书探进头来,后面跟着岛津。

"还有什么事?"

他吓了一跳,险些乱了阵脚。岛津没有回答,而是大步走进房间,从刚才的座位旁边拿起了一个小挎包,挎包上的小熊从末长眼前掠过,看似一脸轻蔑。

"忘东西了,你放心吧,我们再也不找你了。"

岛津说完就走了,末长愕然地目送她离开。

6

干完农活回到家里,太阳已经西斜,家里院子西面的仓库就快被黑影完全覆盖。殿村看见父亲一个人坐在外廊上，便问了一句："不冷吗？"

虽然已经四月了，太阳一下山还是会气温骤降，甚至让人感觉有点冷。

"刚刚好，春天的夜风很舒服。"父亲满不在乎地回答。殿村苦笑着把拖拉机开进仓库，熄火后从驾驶席上跳下来，用脖子上的毛巾擦了擦汗，踩着吱吱嘎嘎响的橡胶长靴穿过院子，在父亲旁边坐了下来。周围的寂静霎时间笼罩了二人。

"累了？"

"做了不少活儿啊。"

他拿起塑料瓶，喝了一口。

从家里飘出妻子和母亲一起做的饭菜的香味。

你爸说，他身体很好，今年也想种地——大约在二月，母亲给他打来一通电话，在电话里这么说道。

当时殿村瞥了一眼在厨房忙活的妻子，回应道："还是算了吧。"

去年父亲病倒后，咲子就一次次跟殿村回老家，帮家里干家务和农活。同时她还在神保町的税务会计师事务所上班，于是就变成难得的休息日也要干活，不难想象妻子肯定受不了。

咲子虽然背对着殿村，但肯定竖起耳朵听着。她应该猜到谈话内容了。

"可你爸坚持今年要再干一年，怎么说都不听。"

"你们自己能干吗？"

虽然是提问的形式，但答案不言自明。不可能自己干，只是父亲绝不会这么说，这种表现或许也是上了年纪的人所特有的。

"我跟他说没用，要不你跟他说说吧。"

母亲的要求让殿村为难。

殿村放下话筒后，妻子总算转过来说了一句："还要种地啊，你爸真有心。"

这话听起来有点讽刺。

今年帮忙没问题，要是他说明年也要搞，我可不奉陪——父亲病倒后，他们刚刚开始帮忙种地时，咲子曾这样说过。

"你打算怎么办？"

"只能劝他放弃了。"殿村说。

"其实没关系啊。"咲子说。

"可你不是说今年不帮忙吗？"

"嗯，是说过。"咲子点点头，若有所思地说，"不过帮着帮着我就想，其实这样也不坏。"

妻子一边拿汤勺搅拌锅里的咖喱块，一边继续道："种地是很辛苦，不过仔细想想，那比税务师的工作轻松多了，不用每天从早到晚对着一堆数字，这种工作才叫辛苦。我之前一直安慰自己什么工作都这样，现在发现种稻子这种跟大自然为伴的工作就不一样。你心里不也这么想吗？"

这个问题正中殿村的心思，确实，他一开始也觉得麻烦，不过帮着帮着就开始想，其实这样也不错。

"你就让爸爸干到满意为止吧。"最终妻子这么说，"要是我们中途帮不了忙，坚持不下去了，那就把地转让或者出租给你说的农业法人不就好啦？"

春日和煦的夕阳洒在外廊上，天空被染上一层淡淡的黄色，不时吹过一阵还带点寒意的风，但父亲并不在意，兀自喝着罐装啤酒。

"要不，我考虑考虑你之前说的吧。"

父亲的话传入耳中，殿村回过头看去，却一时没反应过来自己之前说过什么话。

"那啥，你朋友不是找过你，叫我们把地给他们种嘛。"

"稻本？"

父亲默不作声地点点头。

"你再详细讲讲吧。"

"真的要这么做？"殿村瞥了一眼父亲的侧脸，问道。因为长年在日光下劳作，那张脸不仅晒得黝黑，而且皮肤粗糙如同皮革。

"我觉得啊，我身子这样，要种稻子可不容易。真是窝囊。"

父亲的声音有些沙哑，香烟味飘进殿村的鼻腔。

"最近给你和咲子添太多麻烦了。可是，如果把地就这么荒废了，我又没有脸去见列祖列宗。既然有人说想种这些地，那就让他们去种吧。"

"你可拿不到几个钱。"

上次见面时，殿村问过了大致的金额。那笔钱低得难以想象，无论卖还是租，都无法让父亲安享晚年。

"与其卖掉，还是出租更好一些啊。"殿村说，"那样至少每年都能有点收入，跟退休金加在一起，应该勉强够吧。等你能下地了，再把地收回来就行。"

"算了。"父亲略显寂寞地摇摇头，"我是时候退休了。这种时候最需要干脆，我已经做好准备了。"

"就这样了？"

"我干够了。"

确实，人都有干不动的时候。可是正因为有上一代与下一代之间的亲情，殿村家才克服了人类的局限，持续了三百年。现在画上句号真的好吗——殿村心里有各种想法在翻涌。

父亲眯起眼睛，抬头看着蔚蓝的天空，这片天空殿村家三百年来世世代代都在看。对农户来说，天空不只是单纯的天空，天空是提示明日天气、气温、气压和风等气候变化的参考物。

"我有件事想拜托您。"殿村对默默吸烟的父亲说，"您给我说说种稻子的知识吧，说说只有您脑子里才有的知识和经验。"

"你这个白领，问这个干什么？"父亲猜到了殿村的心思，这样说道。同时那张侧脸又像在说，农业可一点都不简单。"算了吧，白领的工作很稳定，不是吗？"

"白领才不稳定呢。"殿村忍不住反驳道，"总是要做不合心意的事，毫无理由地挨骂、被嫌弃、被疏远，即使这样也不敢辞职。白领就是用内心的稳定和对人生价值的追求去换取经济上的稳定。我每天都是这么过的，一直在默默忍耐。不过如今孩子也大了，我觉得我也能任性一次了。"

父亲还是默默地吸着烟。太阳终于落山了，二人所在的外廊陷入阴影中，不知何处传来了夜虫的鸣叫。

父子俩听着虫鸣，无言地坐在那里。

7

代达罗斯位于大崎町附近一栋干净整洁的十二层高写字楼的最顶层。

走出电梯，正对面就看到挂有"代达罗斯股份有限公司"牌子的无人前台，管理海外与国内工厂的部门都集中在这里。

伊丹按照说明，拿起前台的电话听筒，按下"9"，之后被请了进去。

等了几分钟后，重田探头进来，慢悠悠地说："抱歉，让您久等了。"

他拦住要站起身的伊丹，请他再次坐下，然后走到对面的扶手椅上，轻轻松松地坐了下来。

昨天重田打来电话，说想商量上次那件事。

伊丹完全可以拒绝的。不，他本来应该拒绝的，可不知为何就是做不到。重田的话对他有一定的吸引力，同时与他忘不掉的过去息息相关。那段让伊丹至今仍无法接受、无法原谅的帝国重工时代的苦涩往事——

"关于上回谈的那件事，能再给我一点时间吗？"伊丹开口道。

"我找到你不是为了听这种话的。"重田说，"你曾经被帝国重工赶了出来，尊严被践踏，难道你不想给他们一点颜色瞧瞧吗？"

不知道重田是从哪儿听说的，恐怕他在帝国重工内部或合作商那里有信息来源吧。重田提起的过去，如今已成为伊丹心中无法愈合的创伤，让他一直痛苦不已。

"你太嚣张了。"重田似乎看透了伊丹的心思，继续道，"就是因为你太惹眼了，才会被帝国重工这个组织找到利用的空隙。你想做的事情对组织来说虽然必要，但同时也是对他们自我认知的否定。到头来，你就落入了旧财阀企业内复杂的双重标准陷阱。"

重田的分析让伊丹无言以对，曾经的记忆迅速在他脑中复苏。

时间正好是重田工业破产之后。

"大家都看到了，这个收益率还不够好，我希望能继续控制成本，进一步提高收益。"

数字报出来的瞬间，会议室里明显响起一阵叹息。因为已经进行了非常彻底的成本削减战略，所以才出现"怎么还要搞"的反应。

这是机械事业部内部召开的收益总结会。

按生产机种划分的五个事业部，以及伊丹所属的事业企划课，合计约七十名员工参加了会议。在中央席位作出指示的人是部长的场俊一。

"这不好搞啊……"

伊丹旁边传来苦恼的嘀咕声，是他的课长照井和生。

若用一句话来形容照井这个人，便是"无事至上主义"。他思想保守，注重传统，是典型的帝国重工人。伊丹认为，像他这种拒绝新事物，错误认为自己的使命就是继承先贤经营方法的家伙，是彻头彻尾的蠢货。

伊丹提出为提高收益，应该与重田工业结束合作的时候，首先站出来反对的便是照井。

不过，经过重田工业这件事，内部对伊丹的评价开始毁誉参半。

有的人认为他获得了的场的认可，是实现了革命性改革的风云人物。但另一些人认为他破坏了传统机制，只知道讨好新部长并恣意妄为，是个应该警惕的人物。

当然，伊丹清楚自己的风评毁誉参半。尽管如此，他还是认为自己做得对，并乐观地相信经过一段时间众人就会理解。不过这种乐观只持续到不久之后，伊丹提交的另一份策划引来了意料之外的争议。

是关于机械事业部供应链的考察与建议。

可以说，这个策划是伊丹为在帝国重工最后提出的大项目做的铺垫。

策划的关键在于解散坚持旧思维的合作商协会，彻底审视现有交易，通过打破合作会这种温吞水的没用组织和一潭死水的假和谐，将从中诞生的竞争力反映在成本上，从而促进机械事业部的结构转换——换言之，就是全盘否定名门事业部及长年与合作商保持的裙带关系。

是重田工业让伊丹想到了这个新的策划。导致重田工业破产的原因是什么？如果说是因为他们不愿意降低成本，因此被取消了订单，那就错了——伊丹是这样想的。不，他希望这样想。

重田工业具备技术实力和财力，应该能发展成一个更大更强的公司。之所以没有这样，难道不是因为他们过于依赖帝国重工吗？他们手握稳定的订单，因此松懈下来，忘记了本应保持的危机感。如果没有帝国重工这个过度重视合作商的企业，以及合作会这个温和的环境，重田工业必然会不断更新技术，努力获取新的合作对象，成为具备价格竞争力的优秀企业。

为了防止出现第二个重田工业，必须尽快解散合作会，建立起真正基于竞争的交易关系。只有这样才能保护合作商，从而稳固帝国重工的收益基盘。伊丹的策划书描绘出通往这一理想的恢宏路线图。

一介普通员工竟然提出如此大胆的改革方案，这还是帝国重工有史以来头一次遇到。

"这种策划不可能被批准的。"

果然，照井看完后马上表现出了拒绝。

那什么样的策划才会被批准？没有替代方案，却执意否定。口口声声说为了解决赤字问题亟须彻底改革，实际上照井和其他大部分员工的脑子里还坚持着"保持旧框架"的共识。

"课长您要以个人之见否决这份策划吗？"倔强的伊丹对平时就有点看不起的照井直言道。他认为要不是这种人当了课长，机械事业部恐怕早就变好了，说起话来难免尖锐，"请您传到上面去吧，要是上面不答应，我就放弃。"

"你小子以为的场先生会喜欢这玩意儿吗？"照井没把伊丹当回事，边笑边说，"行啊，可以啊，既然你都这么说了，我就帮你传上去。只不过我要事先声明，你的思想与帝国重工的传统和习惯完全不一致，是极为任性且危险的想法。大家都给我听好了，只顾自己，是做不成生意的。"照井得意地向所有倾听他们谈话的社员说道。

"您这是对我的意图的曲解。我写这份策划的初衷不是这个，这是新的经营计划。"伊丹当场反驳道。

"但我只能读出这个味道来，因为你的笔力实在太烂了。"照井轻蔑地回了一句，抓过伊丹的策划书，挥挥手把他打发走了。

这家伙没救了。

伊丹气愤地回到座位上，心里燃烧着熊熊怒火。

机械事业部本来应该潜藏着无限的可能性。可是这里的人思维僵化，只凭习惯做事，又忌惮于号称"圣域"的合作会，失去了原本拥有的思考能力。照井的气概和度量都不足以打破这个现状。

伊丹对自己的策划很有自信。

不管照井课长怎么说，为了拯救机械事业部，就必须大刀阔斧地进行事业结构转换。伊丹在这份策划中融入的思考，已经渐渐化为确信。然而，在审议策划的课长会议上，伊丹的确信瞬间就被颠覆了。

"要是干这种事，机械事业部的供应链就会整个崩溃。"

"转移重田工业订单的工作进行得还算顺利,可不是把人家搞破产了吗?难道这对你来说就是成功?"

"这完全是妄自尊大的产物。"

"你是不是应该把新锐经营者的姿态放一放,先从基本的东西开始学习啊?"

"太可笑了,我听都不想听。"

伊丹为说明策划出席了会议,却一上来就遭到各种恶意评价。

那些话语似乎不是针对策划案,而是针对伊丹本人,这让他感到胸中刺痛。

他独自承受着如同利箭般攻来的污蔑、敌意,以及掺杂着蔑视的意见,突然领悟了——

这些话背后是照井的观点体现。

到最后,没有一个人赞同伊丹的策划,甚至有人同情照井竟然有个如此不好管教的下属。

尽管如此,伊丹还是没有放弃希望。

还有可能性。

的场。的场一定会赞同他的策划。无论他在课长会上遭受到多么苛刻的对待,的场应该都能凭一句话推翻那些人的想法。

在课长会议上遭到全盘否定的策划书被送去给的场审批,伊丹预料到的场可能要找他问话,便刻意没有外出,一直留在办公桌前。

可是等了一整天,的场都没来叫他。

这到底是怎么回事?

傍晚,就在他的焦虑将要达到顶峰时——

"喂,伊丹。"

照井叫了他一声,还把策划书扔了回来。

"否决。知道了吗？"照井说道。

说完，他就完全无视伊丹，开始查看手头的文件。

伊丹呆滞地回到座位上。他翻开策划书，看见的场的阅览印，以及红色圆珠笔写下的硕大的"不批"两个字。

没有评语，也没有说明。

几个同事偷偷朝这边张望，但没有人跟他说话。

不知何时，伊丹成了部门里的异类。

"叫你嚣张。"

不知谁说的话传到了耳中。

此时，伊丹意识到自己已经是机械事业部的累赘。他就是一只反抗公司传统，然后遭到打击的自视甚高的丧家犬。现在这就是他的标签。在保守的帝国重工，一旦被贴上标签，就再也无法撕下。

不久之后，伊丹接到了调往总务部的命令。

"为了以后的新提案，先从零开始学习学习组织是怎么回事吧。"

他被这种冠冕堂皇的理由打发到总务部，负责处理无聊的事务工作。

被调离业务前线，不能做想做的工作，被赶到偏远的组织角落。

但他在那份策划案中设计的经营策略应该是正确的。

无论如何，伊丹心中所确信的都没有改变。

那帮人全都错了。他们全是大蠢货。

可是在这里继续待下去，等待伊丹的也只有万年不变的坐班生活。

是就此认栽，还是以行动，报复这个组织？

他每天都在纠结与苦闷中度过，但也没有舍弃回到机械事业部的一线希望。他有自信，知道自己熟悉那里的工作，肯定能比别人获得更多的成果。

伊丹调任没多久，就赶上新部门在八重洲的某酒店举办半期决算动员会。

聚会要求部门全体员工必须参加，大家聚在小宴会厅里，十分热闹。唯独伊丹没有心情，坐在会场一角，不跟任何人说话，独自喝着闷酒。

"哎哟，伊丹君，喝着哪？"

课长盐田拿着瓶啤酒在员工间穿梭，走到伊丹身旁时拍了拍他的肩膀。此时宴会已临近尾声。

"啊，是的。"

伊丹倒也跟同事们保持着场面上的交流，这时，在盐田的催促下，他拿起身边只剩半杯、早已没了气的啤酒，一口喝光，把杯子送到盐田面前。盐田已经喝了不少，颤颤巍巍地给伊丹倒满。伊丹道了声谢，又喝了一口，将酒杯放回桌上。

"你被判终身监禁了。"盐田说。

伊丹忍不住抬起头，撞上了如同磐石般冷酷的目光，那是组织中人所特有的目光。

"你不可能回事业部了，放弃希望吧。要恨就恨那个照井。"

他说得如此直白可能是因为喝醉了，也可能以为会场嘈杂，谁也听不见。总之这句话毫无疑问发自真心，是组织对伊丹做出的"判决"。

盐田说完，又摇摇晃晃地走开了，留下伊丹呆呆地看着他。

"这里是帝国重工的墓地。"

这时，又传来一个声音。

伊丹转过头，发现一位同事站在斜后方，正同情地看着他。看来这人听到了盐田对他说的话。

"帝国重工的墓地？"

伊丹重复了一遍。

"对。"说话人叹了口气，继续道，"各个部门处理不了、不想要的人，都会被调到这里来。"

伊丹不知道这人的姓名，调来总务部的日子尚短，他还没能记住所有人的名字和长相。

只觉得这张脸有点眼熟而已。

"那个，请问你是——"

"我叫岛津，岛津裕。"

对方报上姓名，点了点头。是一个平易近人，给人感觉干脆利落的女性。

"哦，是你啊。"

伊丹以前就听说变速器研发小组有个叫岛津的天才女工程师，现在传闻和现实人物总算对上号了。

但伊丹心里马上浮现出疑问：为何天才工程师也跑到这座"墓地"里来了？

岛津本人解答了伊丹的疑问。她平淡却毫不隐瞒地将自己的经历叙述了一遍。

"看来组织不需要天才。"

伊丹嘟囔着，没过多久，心里就冒出了堪称天启的主意。既然如此，只要创造一个需要天才的组织不就好了！

他想到了比被机械事业部完全否定的策划更为详尽、完善的经营计划。

无期徒刑——盐田的话让伊丹下定了决心。

他要离开帝国重工，自己创业。然后他要实施这个经营计划，让那些小看自己能力，只知道一味否定的人看看。

可是，为了实现这个目的，他必须完成一件事。

那就是让天才岛津裕加入他的计划。

伊丹将经营计划完善到基本可以确认成功的地步后，择日找到岛津。

"跟我一起创建一个公司吧？"

岛津露出了听见朋友讲笑话的和善笑容。

"什么公司呢？"

那天下班后，伊丹跟岛津在居酒屋热情地聊了一整夜。

伊丹的经营计划，加上岛津的技术实力——两者是构成事业根基的要素。岛津提了不少问题，最后说："公司要叫什么名字？"

"幽灵传动。"伊丹回答，"因为我们都是墓地里的人，我们是为了做变速器而从墓地里爬出去的奇怪幽灵。"

岛津笑了起来，过了一会儿，她向伊丹伸出右手。

"知道了，一起干吧。"

8

"你被调离岗位打发到闲职之后，机械事业部发生了什么变化？"

不知重田心里有什么盘算，这样问道。

"在的场先生的积极努力下，业绩迅速上升，最终摆脱了赤字。"伊丹回答。

"没错。说到底，你当时提出的事业结构转换策略根本没必要。"重田断言道,"的场通过巧妙地利用现有的合作商,获得了更高的收益。所以,是你输了。"

输。

听到这个字眼,伊丹顿时明白了。是啊,是输了。他一直不愿承认,不断逃避的,不正是这个字吗?因为不想认输他才离开帝国重工,并决心用被否决的经营模式展开报复。不是吗?

"可是,你不觉得很奇怪吗?"

伊丹正沉浸在痛苦的回忆中,重田又提出了问题。

"你之前应该已经做过调研,确认那些在合作会的保护下散漫放肆的合作商很难接受压缩成本这件事。而的场却在跟他们保持合作的前提下实现了收益提升。他是怎么做到的?"

重田的话在伊丹脑中留下了沉重的回响。

仔细想想,这的确很奇怪。保持跟那些合作商的关系,拖着旧的成本结构实现收益上升——这简直是奇迹。然而的场确实引发了这个奇迹。

"你可能不知道,因为我们家不同意压缩成本,最终导致订单撤回后,合作会的其他成员产生了一些警惕和抵触。"重田语气沉重地继续道,"我听说的场接到了重建机械事业部的命令后,马上决定甩掉'圣域',展开改革。但是部分上层认为这种做法很危险,甚至直接表示反对。最终起到决定性作用的是一则新闻报道。《东京经济新闻》社会版的一篇文章提到帝国重工冷血无情的裁员政策导致近千名短工被辞退,在社会上引发了批判帝国重工的舆论风潮。"

伊丹知道这件事。收益至上主义的牺牲者永远是弱者,这种论调很容易为大众所接受。帝国重工身为代表日本的大企业,又是财阀里的旗舰,自然不能忽视名誉下滑的风险。

"于是，的场向注重社会形象的公司上层妥协，收敛了彻底改革的势头。不仅如此，他还命令课长们痛批你提交的事业结构转换策划书，并做出将你赶出事业部的决定。换言之，你被设计成了象征着错误改革的替罪羊。"

"怎么会这样……"

伊丹哑口无言，只能盯着重田。

"你觉得把你赶走的人是照井课长，对吧？"重田仿佛看透了伊丹的心思，"你错了。"他断言道，"照井确实是个蠢货，是个卑鄙的阿谀小人，思想保守，只知道自保。可是，把你从事业部调到闲职部门的人不是照井，而是那个出了名的帝国重工下期社长候选人，的场俊一。"

一条条看不见的丝线在眼前交错，两人陷入僵冷的沉默。

过了一会儿，重田又开口道："的场选择了与合作商保持关系，以此避免与上层的摩擦。他还将你拿出来杀鸡儆猴，表明自己跟你不一样。可是，事情并没有因此而收场，的场还肩负着必须提高收益的任务。于是就回到了最初的问题，在保持现有合作商的基础之上，他是如何改善收益的？"

虽是疑问形式，但这并非向伊丹提问，重田是在自问自答。

重田烦躁地靠在椅背上沉默了片刻，仿佛要说出那个答案让他很恼火。

"虽然合作关系得以保留，但是的场实行了彻底打压外包商的策略。没有哪家公司不知道重田工业的遭遇，他利用这点，以继续合作为条件，提出了无情的成本削减要求。甚至经常无视订单发出时间，在结款时进一步要求降价。帝国重工的上层对此选择视而不见的态度。就是这样。机械事业部的合作商纷纷因为无底线地削减成本而陷入疲态，帝国重工只是表面上拿出继续合作的态度，实际行动方面比你提出的方案更加残酷且蛮不讲理。"

"这就是真相吗……"过了一会儿，伊丹喃喃道，"您是怎么知道这些的？"

"我现在还跟合作会的人有来往，从那里得到的信息远比从帝国重工员工身上挖出的信息多。"

面对这意想不到的真相，伊丹震惊不已。说是冲击了三观可能有点夸张，但伊丹觉得自己的震惊程度与之没什么差别了。

重田又对垂头丧气的伊丹说："我不恨你，因为我知道你也是受害者。你被的场俊一这个恶人骗得团团转，用过之后又遭到抛弃，就像他抛弃我们一样。"

伊丹一脸愕然，看向重田，视线却对不上焦。

"你真的甘心这样吗？被人这样对待还要忍气吞声吗？"重田注视着伊丹没有表情的脸，"如果你想报复的场，就跟我合作吧。我们一起把那家伙搞垮。下期社长候选？开什么玩笑。我绝对不会原谅的场的，我提出收购不是为了报复你，而是希望跟你并肩作战。"

重田用真挚的目光看着伊丹，继续道："你要打官司垂死挣扎是你的事，你爱怎么做就怎么做。可是，只要你想搞垮的场俊一，给帝国重工那帮蠢材一点颜色瞧瞧，那跟我合作应该没什么坏处。"

重田说完站了起来，最后留下一句："我就劝到这儿了，接下来需要你自己做决定。我会等你。"

最终章　青春的轨迹

1

第一次口头辩论的前一天晚上,佃叫上山崎和殿村,到附近的居酒屋搞了场小小的动员会。

"不仅是幽灵传动,我们的将来也赌在了这场官司上。一定要让神谷老师拼尽全力。"山崎龇牙咧嘴地说,"这是变速器阀门的生死决战时刻。"

"虽说如此,官司的输赢很难预测,我认为应该想好败诉以后的对策。社长,您认为呢?"殿村认真地问道。周末的农耕让他的脸晒得黝黑,看起来十分精悍,给人一种接受了现实的爽快感。

"到时候……"佃心里已经做好了决定,"就立刻向幽灵传动出资。"

山崎的表情绷了起来。

佃继续道:"具体金额要看判决结果,不过出资总额应该就在十五亿日元左右吧。我的条件只有一个,那就是让幽灵传动全体成员留下来,成为佃制作所集团的一员,继续展开有价值的工作。我们将与幽灵传动合作,以生产发动机与变速器两种器械的厂商走向市场。无论官司输赢,我们都要前进。"

佃如此断言后,转头问殿村:"主公,到时候你会同意我出资吧?"

殿村抿着嘴,瞪圆了两只大眼睛。

"假设要出资,我们的支付能力就会缩至现有的三分之一,研发投资方面也必须比以往更慎重。社长，即使这样，您还是决心出资吗？"

"短时间内流动资金确实会大幅减少，但我相信到后面一定能回本。"

佃凝视着虚空，仿佛看到了未来的光景。

"大家齐心协力就能有办法。所以请各位借我几分力吧。"

山崎带着决意用力点点头，殿村脸上却闪过了一丝动摇，只是佃此时并未发现。

"就看明天了。"

员工们都下班了，幽灵传动的办公室变得空荡荡，与陈旧木房子相比新得不协调的办公桌略显凌乱，给人一种不安的感觉。然而，岛津就是喜欢这间办公室，喜欢这种仿佛代表宿命的不平衡。

老东西与新东西毫无秩序地混杂在一起，或许正好体现了幽灵传动目前的状态。

虽然还年轻有劲，但规模和业绩都一般，尚未得到市场的广泛认同。

明明是个这么小的公司，却被告了。

这个事实如此脱离实际，稍微想想就觉得滑稽。她跟伊丹拼命努力了六年，若计算失败与成功的话，这家公司经历过的失败明显更多。他们值得骄傲的财富只有优秀的员工和研发变速器的技术实力而已。

到底是什么时候被人盯上了？

到底是什么时候遭到了背叛？

越想越没有头绪。

"在东京地方法院门口见吧。"

可能因为在外面忙了一天,伊丹的表情有点阴郁。

他什么时候成了个疲惫不堪的中年人?这个人……想到这里,岛津又不禁自问:那你自己又是什么?随后她放弃了思考,因为大家都半斤八两。

"知道了。那个……"岛津认真地问伊丹,"要是我们输了,你觉得佃制作所会帮我们吗?"

伊丹没有马上回答。

佃无疑有意愿提供帮助,问题在于他是否能执行,毕竟还有公司审查等众多必须克服的关卡。

假设收购不顺利,幽灵传动就会被逼上绝路。届时究竟会怎么样?岛津希望伊丹能与她分担这种危机感。

"应该不会输。"

伊丹却只是否定了岛津的假设。

"我觉得啊,就算官司输了,只要能跟佃制作所一起工作,也很好。"

伊丹只是耸了耸肩,并没有回应。

"都说了不会输,有什么好假设的。"

他又这样说了。

"我的假设很有现实性。"

岛津有点气愤,觉得自己跟伊丹不知什么时候变得好像陌生人一样。

这六年间她跟伊丹一直在一起工作,却从未有过私人感情。

明明是两个年龄相仿的男女,从早到晚凑在一起,他们却没有发展出任何关系。对岛津来说,伊丹不是恋爱对象,而更像家人,或者说是朝同一个方向前进的共同体。与此同时,他们也是熟悉彼此心性，互相尊重和理解的搭档。

伊丹邀请岛津成为共同经营者的理由十分合理。

伊丹有超乎寻常的想象力和完善的经营计划，却缺乏关键的技术实力。

而岛津虽然有技术，却没有将其变现的商业才能。

两人在帝国重工这个固守传统、盘根错节的大组织里过得筋疲力尽，还没描绘出未来的轮廓，就被赶到了徒然浪费时间的地方。

那时的两个人，都需要一个契机打破眼前的闭塞状态，从而亲手把握并控制未来。

幽灵传动这个公司成了将伊丹与岛津的才干结合在一起，让他们从无意义和无效率的混沌组织中逃脱出来，最终实现梦想的载体——事情本应如此。

可是他们很快就意识到现实没有这么轻松。

迎接他们的是无法自由制造和销售变速器，宛如在泥潭里挣扎的日子。原本清晰的曙光变得越来越远，他们手头没钱，看不到希望。可以说之所以能克服这个困境，多亏了伊丹。

对岛津来说，伊丹既是交心的朋友，也是同心协力的战友。

他们创业了六年。虽看不到上市的希望，但岛津不在乎。

现在她最在乎的，是有时候无法看清伊丹的心思。

以前那个跟她齐心协力的伊丹不见了，虽然做的事情还一样，两人的想法却出现了分歧。

此时也一样。

伊丹脸上布满阴霾，岛津却看不出那阴霾究竟因何而起。伊丹把所有烦恼都放在心里，藏在岛津看不见摸不着的地方。

"喂，你怎么了？"岛津咬咬牙问了一句。

"没什么。"

这句含糊的回答在岛津耳中就像拒绝。

现在这个伊丹已经不是这六年来岛津所依赖的伊丹了。她迫切地想知道以前那个伊丹究竟去了哪里。

2

佃组织的动员会在殿村心里留下了难以消除的苦涩。

大家齐心协力就能有办法——殿村个人正面对的情况使他无法、也不想赞同这句话。

事情发生在上周日。

殿村打理完田里的活儿回到农道上,发现拄着拐杖、身体瘦削的父亲正弘孤零零地站在那儿,不知站了多久。

正弘站在夕阳余晖和傍晚的风中,精神矍铄,目光里透着坚定。他眼前是照料了将近半个世纪的农田,也是他的历史。

殿村关掉发动机,正要开口叫父亲,却又咽了回去。

因为父亲放下拐杖,平静地合起了掌。

他的祈祷久久没有结束。

殿村想走过去,却察觉到父亲的真诚,忍不住停下了脚步。

他意识到那不仅仅是丰收的祈愿。父亲心里明白,这将是他最后一年耕作,他在向为殿村家带来三百年收成的农田表示感谢,同时也在慨叹这段历史终于要迎来尾声。

那是一段漫长的祈祷。

是一个老人与自然的诀别,也是自然与人一段延续多年的关系的终结。

殿村心里涌出的感情化作难以控制的潮水,在胸中激荡。

三百年来，殿村家一直在这片土地上耕种，这种行为本身就像人与神的对话，更像是神明赐予的庇护。没有信仰的殿村会这么想，或许也是因为他是在这片土地上长大的。

同时让殿村感慨的是，世界上几乎不存在能持续三百年的营生。正因为种田、农业，是人类生活的必要之物，才得以持续下来。

父亲和母亲的人生几乎都耗在了水稻种植上。

种田赚不了大钱，有时还会因为自然灾害而损失惨重。尽管如此，农田依旧支撑着殿村家祖祖辈辈的生活，支撑着父母的生活，并为殿村的人生打下了基础。与如此壮阔的历史和大自然的恩赐相比，殿村所从事的工作意义何在呢？

每天忙得胃疼，要献出自己的力量支撑公司。

不过这样的工作也是高尚的。

只是，他不是还拥有更高尚、更不能忘却的东西吗？他不是还拥有应该为之祈祷的东西吗？殿村突然意识到这点，然后——那个想法就像天边射来的一支强弩，击中了他的心灵。

我是否应该回到这个地方？回到这里来？

现在，殿村坐在家中，又一次产生了那个想法。尽管已经喝了很多，他还是又从冰箱里拿出了一罐啤酒。

"喝得有点多了吧？"边看电视边喝茶的咲子头也不回地问道，"怎么了？"

"我在想我们家那些地。"

电视上的艺人吵吵闹闹，咲子调低音量，看向殿村。

"我想回去种地。"

咲子目不转睛地看着殿村，仿佛要在他脸上看出一个洞来。

"你是说……要回去继承家里的地？"过了一会儿，她问道。

"嗯……就是这个意思。"

咲子拿起遥控器把电视关掉了。

"佃制作所的工作怎么办？"

殿村绷紧了下腭。

"我打算辞职。"

没有回应，过了一会儿，咲子问："你一直在想这件事？"

"再三思考过了，想听听你的意见。"殿村郑重其事地看向妻子，"你愿意跟我一块儿种地吗？"

咲子看了殿村一会儿，随后移开视线，抱着胳膊思考了一会儿。

"我不想种地。至少暂时不想种。"

咲子给出了明确的答复，殿村陷入了沉默。

"哦……"

他有些失望，因为咲子此前提过挺喜欢务农的，殿村还以为她愿意跟自己一起干。

"我们还得考虑万一事情不顺利的情况啊。要是我也把工作辞了，有个万一我们咋办？不就完蛋了？"

确实如此，妻子对风险的把握更全面。

"你这二十年，先是在银行拼命工作，之后在佃制作所付出了许多，一直支撑着这个家，对此我特别感激。所以，如果你现在想尝试新事业，我是不会反对的。你试试吧。"

心中的阴霾一下子消散了。

咲子继续道："不过，我希望你辞职的时候别给佃制作所添麻烦。"

"这我知道。"

在佃制作所经历的种种此时一齐涌上了殿村的心头。

刚外派过去时，殿村被那里的员工厌恶，其实他自己都有点想放弃了，认为无论在银行还是企业，都逃不了讨人嫌的命运。他对自己说，无论被厌恶还是疏远，依旧要扎扎实实地完成工作。

刚上任时，公司业绩不太好，出乎他意料的是，社长佃愿意认真倾听他提出的意见。后来因为知识产权问题成为被告，经历了种种困境，又因为他实在搞不懂的氢发动机跟帝国重工展开了拉锯战，总之挺过了好几次可能危及存亡的险境。

经历过这些，殿村终于被佃制作所接受，得到了所有人的认可，成了公司真正的伙伴。他没想到，在漫长的白领生活接近尾声时，竟能有如此幸福的经历。

这一切都是因为有佃航平这个热情又容易流泪、性格直爽的人。

现在，殿村决心离开佃制作所。

他自己也不知道这么做是否正确。

不过就算离开，他依旧由衷地爱着佃制作所。

山崎、津野、唐木田，还有江原等营业部的人，大家都在拼尽全力生活。殿村很喜欢这些热情洋溢的人，也把他们当成了真正的伙伴。

各位，就算我不在了，你们也要加油。

殿村边喝着啤酒，边默默向伙伴们送出热烈的声援。

对我来说，跟大家度过的这段时间，是珍贵的无价之宝。

3

原告方代理人席位上，田村·大川法律事务所的中川京一和青山贤吾等四名律师正严阵以待。他们或是注视着摆满桌面的资料，或是抱臂思索，还不时朝尚未有人落座的被告方代理人席位看上一眼。

这里是东京地方法院的小法庭。开庭时间是上午十点，现在离开庭还有十分钟。靠近原告的旁听席位上坐着中川等人代理的凯马机械知识产权部的五名员工，再看另一边，则是僵坐在椅子上一动不动的幽灵传动的伊丹等人。中川暗暗皱眉，因为不知为何，佃制作所的佃航平一行并没有出现。

佃怎么没来？中川心生疑问。

"今天应该不来了吧。"

青山看着空荡荡的代理人席位，在他耳边嘀咕道。宣告诉讼正式开始的第一次口头辩论，也就是第一场开庭审理的日期，是由原告代理人与法院决定的。因此，被告代理人以日程不合为由缺席的例子并不少见。

"不，应该会来。"中川说。因为被告方的旁听人都到庭了。

果然，此时旁听席后方的门打开，一个中川十分熟悉却不太想见的人走了进来。

那人就是神谷修一。神谷带着事务所的年轻律师走进来，行了个礼，走到了座位上。时间一到，法官们入席落座。

"原告代理人已向法庭提出了诉状、赔偿要求和要求依据。原告代理人，你要拟制口头陈述吗？"审判长问道。

"我方请求拟制。"中川显得游刃有余。

拟制陈述是指不在庭上宣读已提交的书面资料。通常在第一次口头辩论中，被告代理人都会选择拟制陈述，然后双方约定下一次答辩的日期，便告结束。

整个流程顶多会花五到十分钟，很快就结束了，具体论战一般从第二次辩论开始。

"被告代理人意向如何？"

神谷大约于一周前提交了答辩书，上面针对专利侵权论点只注明了"抗辩"，并没有详述依据。中川认为神谷没有依据，只是在想尽一切办法拖延时间。

然而，他的预想好像落空了。

只听神谷说道："案件说明书我方未能在提交期限内提交，不过目前完成了，我想今日正式提交，请问可以吗？"

获得了审判长的批准后，神谷提交了案件说明书，副本马上被送到被告代理人席位。然后，神谷再次提出请求，让中川吃了一惊。

"请允许我当庭对争论点进行陈述。"

这实在太异常了。

"资料里都写了吧，我方想先看看资料，无法当场辩述。"中川马上进行反抗。

然而神谷说："有些内容我想对方应该能马上回答。而且这些内容非常重要，请允许我进行陈述。"

太不寻常了。审判长思考了好一会儿，才说："那么，请被告代理人开始陈述。"

不知道他想干什么，但至少可以肯定这是神谷的节奏，中川感到不安。

旁听席也传出一阵骚动，审判长要求肃静后，神谷开始了陈述。

"不存在争论点的部分我在此省略，主要对答辩书第三条进行陈述。针对原告凯马机械主张存在侵权事实的专利项目，被告幽灵传动提出无效主张，并列出乙第一号证。"

他胡说什么呢？中川惊得合不拢嘴。再看旁听席，凯马机械的知识产权部部长神田川也惊呆了。神田川和中川对上了目光，马上耸耸肩，装出一副骄傲的模样，用极其不悦的眼神看向被告代理人。

神谷继续陈述。

"乙第一号证为东京技术大学栗田章吾准教授于二〇〇四年发表的论文，标题为《关于CVT的小型滑轮性能最优化研究》。栗田先生前天还在国外出席会议，因为要向他咨询论文主旨，我方才未能准时提交案件说明书，请原谅。昨天我与栗田准教授碰了面，询问了关于乙第一号证的相关事宜。"

中川动作粗暴地翻开论文，着魔一般读起里面关于副变速器的内容。

竟然——

中川抬起头，腋下冒汗。没错，论文内容跟他从末长那里得到的研发信息几乎一致，而他又以这些信息为基础，帮助凯马机械申请到了专利。

中川感到全身血液倒流，等逐渐飘远的意识终于回到法庭上时，他才发觉神谷的陈述还在继续。

"《日本专利法》规定，提交申请前已经公开的发明不得获取专利，除论文作者可以在论文发表后六个月内提交专利申请——这一规定可参见《专利法》第三十条。栗田老师为了促进汽车公司的技术发展，刻意没有提交申请，这篇论文中包含的技术信息是为了公共利益对外公开的。我方主张，原告方的专利内容与论文有重复，应为无效专利。"

现在还不算失败，中川在绝望的边缘重振精神，鼓舞自己。栗田在论文中提及的副变速器，结构上与专利内容的确有重复，但并非完全相同。只要从中找到创新之处，这个专利就能立住脚，届时只要将争论点向那边转移——

然而，神谷的陈述尚未结束。中川拼命压抑内心的狼狈，咬紧牙关狠狠瞪着还要继续往下说的神谷。

"接下来，我方对原告方专利申请的正当性还持有疑问。凯马机械的这项专利在申请前一刻与幽灵传动研发的副变速器极为相似，幽灵传动的变速器是依托乙第一号证论文中发表的结构和技术，结合该公司独特的理解和经验进行修正之产物，而原告方的专利连修正部分都囊括其中，不得不说，这巧合极其异常。要想对这一现象进行合理解释，恐怕只有幽灵传动的内部信息遭到非法泄露这一种可能。作为佐证，我方将提出第二号证。"

神谷说着，高高举起一支电子录音笔。

"大约三周前，幽灵传动的伊丹社长及岛津副社长造访了末长孝明律师的事务所，商讨此案。末长氏当时仍是被告的顾问律师。那天被告对整个交谈过程进行了录音，只是离开时忘记拿包了，将近十分钟后被告才返回事务所拿取遗忘物品。后来发现当天碰巧录下了末长律师与某个人的通话。这段通话十分重要，请法官允许我现场播放，时长只有几分钟。"

"有必要当庭播放吗？"审判长问道。

神谷笔直地看向中川。

中川京一感觉胃袋仿佛被看不见的手死死攥住了，心脏几乎要从嗓子眼儿里跳出来。然而他对眼前的事态无能为力。

那莫非是——我当时说了什么？中川自问，感觉到意识被激流越带越远。

"是的，这份录音资料在本案中有极为重要的意义，非常有必要现场播放。"

神谷的视线如同钢针一般尖锐，毫不留情地射向中川。

"因为可以当即向当事人询问真伪。"

"我不太了解录音的重要性。原告代理人，你有异议吗？"审判长突然把话甩给了中川。

"我认为没有必要。"中川勉强挤出一句话来。他被逼上了绝境，赌上了作为律师的资格。

"可以过后再——"中川说到一半，突然瞪大了布满血丝的双眼，发出声嘶力竭的吼叫，"喂！神谷！你给我停下！"

神谷并不理睬中川的抗议，桌上的大型扩音器传出了洪亮的声音——是幽灵传动那件事，中川老师你有时间吗？

这句话一播放出来，审判长和好几位旁听人便同时看向中川，全都惊讶地瞪大了眼睛。

——不……我跟你的关系暴露了。以前我们不是上过业内杂志吗？他们把那篇文章扔到我面前，然后走了。不会出事吧？

——我向你们提供信息的事情，不会败露吧？

——是神谷。神谷修一！神谷好像成了他们的顾问律师。

——他们说要把官司打赢，在此之前先不谈收购。

——这话你别对我说，对神谷说去。

——总而言之，你绝对别把我向你们提供信息的事情说出去。还有，等收购的事情定下来，别少了我的报酬。

神谷关掉扩音器，法庭重归寂静。

一阵沉默，大家各怀心思，人们的视线在被告代理人席位上的扩音器和中川之间来回移动。

"乙第三号证就是这段对话中提到的业内杂志文章的复印件，请审阅。"

神谷呈上资料。审判长看过之后，明显皱起了眉。

"这篇文章也证明末长孝明律师与原告代理人中川京一律师关系亲密，但末长孝明律师曾对幽灵传动的社长明确表示，他与原告代理人中川京一律师没有任何私下来往。那么，我想请问中川律师。"神谷的目光中荡漾着杀气，"刚才那段录音中，与末长律师通话的人就是中川律师您，没错吧？"

中川屏住了呼吸。

"我、我不记得有这回事。"

"您怎么会不记得呢？这是最近的通话啊。"

"我不记得有这回事。"中川重复道。

神谷盯着他看了许久，然后收回视线，再次以平淡的语调说道："乙第四号证是我方请求末长孝明律师听完录音，确认是他本人，并签字的证明书。末长孝明律师已承认通话对象是中川京一律师，并承认他在中川氏的委托下，向其提供了本案核心，幽灵传动的副变速器的研发信息。因此，就算该专利与乙第一号证出示的论文内容相比存在创新之处，也是通过上述不正当手段获取到研发信息后非法申请的。我的陈述到此为止。"

神谷落座后，旁听席发出一阵叹息，仿佛在此之前所有人都紧张得忘记了呼吸。这出人意料的发展似乎也让审判长有些茫然。

"原告代理人，你对刚才被告代理人的陈述有什么意见吗？"审判长询问道。

"我方将在下次辩述。"

中川此时已血色尽失，好不容易才挤出一句话。

这场极为异常又波澜频起的第一次口头辩论在众人难以平复的兴奋中结束了。

4

十月第一个周五的下午,传来了"专利无效"的胜诉判决。

第一次口头辩论中神谷律师先发制人,让原告的主张从逻辑和道义上同时崩塌,之后的辩论原告方也未能给出任何有力证据反驳。最终只过了半年,法庭便下达了判决。判决公布的两天前,泄露了研发信息的末长孝明及幕后主使中川京一两人因涉嫌违反《反不正当竞争法》遭到逮捕。

傍晚,在佃制作所的会议室里有一场小型庆功会,唐木田满脸笑容地说:"话说回来,真是好浪费啊,要是由我们来办,就应该以转让股份作为交换条件,这样就能把幽灵传动白白搞到手了呀。"

"这样也不错嘛。"佃笑着说,"要是照你说的那样收购了幽灵传动,我总感觉自己骗了人,心情不爽。"

"社长不会做生意,是个老好人,这也算是优点吧?"津野说。

"你这是在夸我还是骂我呢?"佃严肃地问。

"当然是在夸您啊。"津野一本正经地回答,"要是换成上市公司,肯定要以利益为准则。但我们不一样,我们不用为了成长而歪曲道义,可以堂堂正正地走人性之路。我觉得这么傻的公司,有一个两个也没问题啊。"

"我怎么不觉得你们在夸我呢,难道是错觉?"

佃嘀嘀咕咕完,喝了一口啤酒,员工们全都拼命忍着笑。

"虽然没能白得一家公司,不过这样一来,我们跟幽灵传动的合作应该能进一步扩大吧。"殿村脸上泛着酒精和愉悦所带来的红晕,"社长做决定的标准不是能不能赚钱,而是身为一个人,这么做到底对不对。我认为这是很好的事情。"

"殿村部长说得没错。"江原似乎很感慨,"这世上有不少公司是合法却缺乏道德感的,那些不顾一切只为赚钱的企业,得让多少人欲哭无泪啊。"

"他们把合规理解成遵守法律法规,认为只要做到这个份儿上就够了。而且这种公司现在还很常见。"唐木田说,"但是我觉得,在法律之上,还要讲究一个道德和信义。"

"就是。"江原点点头,然后换了个话题,"对了,幽灵传动的伊丹社长联系我们了吗?"

"刚才打电话来道谢了,还说明天要登门道谢。"

"那太好了。不过有一点我想不通。"看江原的表情,似乎有什么顾虑。

"你有什么想不通的?"

佃好奇地问了一句。

"我听说伊丹先生以前在帝国重工时,欺负外包商欺负得很凶。"江原道出了让人意外的话。

"喂,你说真的吗?"津野一脸严肃地凑了过去,"听谁说的?"

"户仓社长。"

户仓制作所是与佃制作所密切合作的伙伴之一,是从事机械制造的老牌中坚企业,应该也跟帝国重工有过合作。

"他说伊丹先生曾勒令一家公司削减成本,给出的要求根本无法实现,最后还撤销了订单,导致人家破产了。后来这件事在帝国重工内部引发热议,伊丹先生不得不辞职了。"

"不会吧。"津野的目光有些迷茫,"我们竟然帮了这种人?"

"只是传闻而已吧。"唐木田冷静地说,"户仓社长可能也只是听别人说的。我们直接跟伊丹先生接触过,知道他是什么样的人,不用犹豫应该相信哪边吧?就算真的发生过什么,过去的已经过去了,人是会变的。"

殿村也肯定地说:"不管伊丹先生是因为什么离开帝国重工的,现在幽灵传动对我们来说是重要的合作商,这才是重要的。今后若能一同扩大事业,那就再好不过了。"

"那倒也是。"江原有点不好意思地低下头,"不好意思,我说了多余的话。"

"在那么大的组织里做重要的工作,难免会有人说三道四。"佃并没有责备江原的意思,"重要的不是过去,而是今后我们能进行怎样的合作。"

幽灵传动和佃制作所,两家企业并肩作战过,应该成为名副其实的伙伴,迈出共同繁荣的重要一步了——事情本应如此。

5

"太好了,真的太好了。"

在法院听到判决结果后,岛津忍不住站起来,双手捂住脸。然后她跟旁边的伊丹轻轻拥抱了一下。

二人回到公司后,发现堀田已经安排好了庆功宴。请人在公司摆了一桌酒菜,全体员工一起欢庆胜利。之后又转到附近的居酒屋喝第二摊。岛津还有点工作没完成,便在第二摊之后回到了公司。没过多久,伊丹也回来了。

"你们不是去卡拉OK了吗?怎么这么快就结束了?"岛津惊讶地问。

伊丹含糊地应了一声,不知为何带着若有所思的表情,拽过一张椅子坐了下来。

"我有件事想跟阿岛说。"

伊丹给人感觉跟平时很不一样,明明喝了很多酒,脸上却没有血色,也不见一丝醉意。

"诉讼开始前,我不是跟末长先生到中川律师那边进行了一次交涉吗?"

"就是谈崩那次?"

"对。"

伊丹点点头,似乎犹豫了一会儿,然后看向空荡荡的事务所,开口道:"事情确实谈崩了,但后来我在楼下被叫住,说有一家公司想收购我们。"

岛津头一次听说这件事,惊得瞪大了眼睛,一时说不出话来。

伊丹说了下去。

"那家公司叫代达罗斯,阿岛你应该也知道,是一家小型发动机厂商。不过让我惊讶的是,他们的社长是重田登志行——以前重田工业的社长。"

岛津的眼睛瞪得更大了,还露出了惊愕的神情。

"就是破产的那个?"

她之前听说过伊丹跟重田工业的破产有关系,这在帝国重工内部曾是热议的话题。

"重田先生说,当时把我从机械事业部赶走的人不是照井课长。"伊丹平淡地说道,"是的场。就是那个的场俊一。是他背叛了我,把我扔出去了。"

这不该是胜利之夜谈论的话题。

"结果呢,那家伙把所有责任都推到我身上,现在成了帝国重工的社长候选人。我被那家伙随心所欲地利用完,成了弃子。"

伊丹盯着虚空,眼中燃烧着无声的怒火。

"过去的事情就别在意了吧。"岛津安慰道,"忘掉这件事吧,现在还谈这个干什么呢?"

"我要说的不是这些。"

岛津看到伊丹的脸瞬间笼上了幽怨的暗影,忍不住倒抽一口气。

"我要跟他算账。"伊丹小声说。

"等等,你要怎么跟他算账?"

"我要跟重田先生联手。"

岛津不太明白他的意思,一脸困惑。

"联手干什么?"

"我要接受代达罗斯的资本,并与他们合作。"

"你说什么呢?"岛津慌了手脚,"你要背叛佃制作所?人家为了我们费了不少力气啊,你要不顾他们的好意,跟佃制作所的竞争对手联手?"

伊丹不为所动,平淡地说道:"代达罗斯比佃制作所更有前途,我们应该跟代达罗斯合作,然后报复的场。"

"你是认真的?"岛津声色俱厉地问,"佃制作所的技术十分优秀,而我所知道的代达罗斯不过是一个组装工厂。想都不用想就知道应该跟谁合作。"

"代达罗斯在积攒实力,技术上很快就能赶上佃制作所。把他们的发动机跟我们的变速器结合起来,一定能成为市场上引人注目的新星。"

"然后呢?你要变成引人注目的新星,给的场一点颜色瞧瞧?"

岛津站了起来,盯着瘫在椅子上的伊丹,继续说道:"我知道在帝国重工发生的事一直让你很在意,我以为总有一天这件事能翻篇,看来是我想多了。你在经营计划方面确实是个天才,但器量远比我以为的要小。现在难道不比过去的纠葛更重要吗?总盯着过去有什么用?"岛津劝说道,"醒醒吧,伊丹君。"

然而伊丹脸上却浮现出厌烦的表情。

"我很冷静,一直都很冷静。佃制作所的确为我们付出了很多,但一码事归一码事,阿岛你只要稍微想想,就知道该跟谁合作才对我们公司更有利吧?反正我已经决定了。"

"你一个人擅自决定什么啊?!"岛津提高了音量,"我不是合伙人吗?我的意见就不算数?"

伊丹突然笑了起来,然后说:"你不愿意就不愿意吧,我已经……不需要阿岛了。"

岛津愣在当场,一句话都说不上来,只能定定地看着伊丹。

6

种子岛天气晴朗,三月的风徐徐吹拂,是秒速三米的南风。

这样的风会撩动在山丘上观看发射的观众的发丝,但对发射计划没有任何影响。

此时发射场内正在进行最后的准备,所有人都在等待全长五十六米、搭载了准天顶卫星"八咫鸦"的大型火箭发射的一刻。

火箭发动机代号"单调",核心部件搭载了佃制作所的阀门系统。发射完这台第七号机,"八咫鸦"的项目便告完成,日本的定位系统精度将得到飞跃性的提升。

财前和佃肩并肩站着,都目不转睛地盯着屏幕上的火箭,表情有些僵硬。

藤间社长发起星辰计划后,财前一直以总指挥的身份推动该项目进行。然而公司不久前决定，待"八咫鸦"七号机发射完成，财前将正式被调离该项目。

今天现场的气氛比平时更紧张，是因为所有人都知道，这将是财前最后一次指挥发射。

"没问题，肯定会顺利的。"

佃故意用明快的声音说着。综合指挥塔那边传来距离发射还有一分钟的通知。预计发射时间为上午七时一分三十七秒。

距离发射还有三十秒，冷却系统开始喷水。

倒计时只剩下一位数，所有系统准备完毕。

"启动主发动机！"

财前的声音与广播声重叠在一起。

"单调！升空！"这次佃清楚听到了财前的声音。

"升空！"

发射场充满浓烟和烈焰，火箭缓缓浮起，随即以猛烈的势头向略带雾气的春日天空直刺而去。

财前的目光中带着祈祷，凝视着屏幕上的火箭，仿佛想将其英姿记录在记忆的镜头里。

机体越来越小，很快就从视野中消失了，只剩下一道烟雾描绘的轨迹。

完成燃烧的固体火箭助推器脱离下来，小笠原的追踪站开始追踪火箭。

"一切顺利。"

但是指挥塔依旧沉浸在紧张的气氛中。

"单调，加油啊！"

佃握紧了拳头，凝视着屏幕上的那道轨迹。

一千六百五十秒后……

"二级发动机第二次燃烧停止。"

听到广播声,所有人屏息看着屏幕。

大约二十八分钟后,广播播报:"八咫鸦,分离。"

现场爆发掌声与欢呼。

"佃先生,"财前伸出右手,"承蒙关照了。"

"我才是。"

两人紧紧握手。随后,财前分别感谢指挥塔里的每一个人,拍着肩膀感谢他们的努力。

花束送到指挥塔时,响起了更大的掌声。

佃仔细一看,捧着花的人竟是利菜。

"财前部长,您辛苦了。真的很感谢您。"

利菜献上花束,大颗大颗的眼泪顺着脸颊流淌下来。佃则在不远处看着。

"谢谢各位。"

财前面向全员举起花束。掌声停了下来,寂静突然降临,人们在等待财前做最后的讲话。

"公布星辰计划时,帝国重工做了个梦,那就是打入大型火箭发射这一市场,生产出性能可与欧美比肩的火箭,在宇宙航空事业上获得胜利——这就是藤间社长当时描绘的目标。这十几年,我跟各位一道看着这个项目发展。实现梦想这件事说起来好听,实际做起来却是连绵不断的苦难,甚至有几次整个计划都面临危机。在这些困苦的时刻我们能不逃避,能勇敢面对,并且开拓出新局面,正是因为在座所有人的智慧和团结。我们带着同一个梦想一直奋力拼搏,梦想给了我们力量,梦想让我们茁壮成长。如今回首这十几年,我可以说目睹了整个过程。"

财前说到这里顿了顿,又对聚精会神看着自己的每一名下属倾诉道："我们按照星辰计划的规划，成功进入了大型火箭发射市场。虽然只走到一半，但我们也算实现了一部分梦想。梦想这东西很不可思议，在实现的那一刻就会变成现实。我们不得不面对竞争对手的打压，被质疑收益性，还被卷入削减成本的浪涛中。如今经营环境也发生了改变，由于公司总体业绩不佳，我们部门被贴上了低收益部门的标签，有可能面临撤销。我们积累起来的东西正面临崩溃的危机。但是，这世界上本就不存在没有风险的事。"

财前的话语中融入了他的信念。

"只有不畏风险，克服困难，才能实现真正的成长。决定一项事业存亡的关键并非公司的经营情况或经营方针，而是世间的评价。为此，我们只是闷头发射大型火箭还不够，要问为什么不够，那就是我们还应该让世人了解发射大型火箭为什么重要，要为此努力。"

财前试图通过提出问题让一味关注内部变化的下属们建立更宏大的视角。

"这次发射结束后，我的任务就算完成了，将要离开这里。接下来我要前往的地方是宇宙航空企划推进组。"

佃头一次得知财前的调动岗位。

"这个部门的工作是建立各项与火箭发射相关的业务。我计划第一个开展的，与那个有关——"财前指着正前方的墙壁，现场顿时骚动起来。

那是一张海报，上面是准天顶卫星"八咫鸦"。

最后一台，也就是七号机，刚刚发射升空。

"日后，我将从侧面支援大家，让世人更了解火箭发射事业的价值。让更多的人知道在日常生活中火箭究竟有多么重要、多么不可或缺。从某种意义上说,我的工作就像传教啊,是为了让大家继续做梦而扫平前方的道路。此前的十几年,我得到了各位的支持,日后将由我尽全力支持大家。我第一个要开拓的是农业领域,我想去拯救日本正面临危机的农业。"

有几名员工惊讶地瞪圆了眼睛。

"农业……"四下里传出嘀咕声。"为什么是农业啊?"大家的脸上露出了疑问。只有佃不由自主地感受到了从腹腔深处涌出的兴奋。

财前真是个有意思的人。

还以为他在想什么呢?原来是农业啊——

离别演讲摇身一变成了对未来的展望,这场讲话也算让人开眼界了。

"八咫鸦"和农业吗?太有意思了。

"这么长时间承蒙各位关照了。"财前含着泪道出了感谢的话语,"有朝一日我可能还会回到发射现场,与大家并肩作战。不过现阶段我将全力投身公司安排的新工作。我们的梦想由宇宙连接在一起。希望大家能够越来越好。"

响起排山倒海的掌声,财前捧着花束,慢慢走出了指挥间。

佃心中翻涌的不是悲伤和寂寥,而是对未来的希望。

谢谢你,财前先生,将来我们再一起工作吧。

在此之前,我们暂时说再见。佃在心里说道。

7

辞呈

本人殿村直弘,因个人原因,希望辞去佃制作所的工作,敬请批准。

佃制作所对我有恩,此次离开自然让我感到肝肠寸断。我离职后将继承家中的农田,绝不浪费在佃制作所获得的知识和经验,坚持奋进。

长时间来承蒙公司关照了。

殿村放下辞呈就离开社长室了,留下佃把辞呈看了一遍又一遍。

每次重读他都感到一股热意涌上喉头,热泪让视野变得模糊。

佃想起殿村刚从银行外派过来时,脸上总是没什么表情。他可以毫不客气地对佃说出其他人都不敢说的怨言,比任何人都操心,也比任何人都不愿认输,并且会为成功而狂喜。在向帝国重工供应阀门系统的项目上他帮了不少忙。

他是时刻站在身边支持着自己的人——

而这个人今天决定要离开佃制作所。

主公,最近你一定很辛苦吧,实在对不起,我什么忙都没帮上。

佃独自一人坐在社长室里,双手颤抖,流下了泪水。

8

"打扰了,能占用您一点时间吗?"

四月中旬,幽灵传动的岛津给佃打来了电话。

明明还是春天,那天却格外炎热,耀眼的阳光已经与夏日烈阳没什么两样。

"这个世界到底怎么了?"

佃站在可以俯瞰马路的社长室窗边,嘀咕着近来常说、已经快变成口头禅的抱怨之词。从车站过来的下坡路上出现了一名女性的身影，身材圆润，散发出很适合戴围裙的可爱感。

是岛津。

她逆着西斜的阳光大步向前走着，表情里带着一丝决绝。佃一直看着她的身影走进佃制作所的大门。

"社长，幽灵传动的岛津女士想见您。"事务员前来通知道。

"快请她进来吧。"

佃上前迎接，岛津对他深深鞠了一躬，但脸上带着奇怪的笑容。

"诉讼的事真是太感谢您了。"

"没什么，能帮上忙我也很高兴。"

佃说着，想起伊丹前来道谢的光景，是在刚刚胜诉之后。话说回来，当时岛津没有来，伊丹一个人来的。而且除了那场官司，他也没谈其他的事，客套了一番就离开了。

山谷下一期的拖拉机新产品应该快要定好设计，决定要不要搭载幽灵传动的变速器了。佃希望能与幽灵传动加深合作关系，从而开拓新的商机，岛津是来谈这个的吗？

只见岛津一脸严肃，双手放在膝头，绷直了身子。

看来不是什么好事，佃这样想。

"今天我来是想向佃先生汇报一件事情，并表达歉意。"岛津开口道，"昨天，幽灵传动与代达罗斯签订了资本合作协议，两家公司将互持资本，今后在研发、制造和发展上展开合作。"

"您说什么？"

这则消息来得太突然，佃顿时手足无措，无言以对。

"这到底是怎么回事？"佃好不容易开了口，"伊丹先生什么都没跟我说。而且，在贵公司陷入窘境的时候，本公司及下属员工不惜一切给予了帮助,这都是为了将来能够携手并进啊。"

"各位的心情我非常理解。"岛津不甘心地咬着嘴唇,"实在是非常抱歉。"

她从沙发上站起来,又一次深深鞠躬。

佃实在不知道怎么回应,只能说"您快请坐吧",平静了一会儿才问:"您能告诉我为什么会变成这样吗?"

岛津绷着脸,沉默了一会儿。

"因为伊丹无法从过去中走出来。"

她仿佛下了决心,开始讲述。

岛津从帝国重工时代讲起,道出了伊丹和她的过往。那其实也是千千万像伊丹和岛津这样拥有大好前程的年轻人的青春、挑战和挫折的故事。

"我不知道伊丹跟代达罗斯的重田联手是想干什么,但我可以这么说:我们创立幽灵传动时是有梦想的,那就是制作前所未有的、非常舒适的、让人们感受到驾乘乐趣的车载变速器。我拥有一家人驾车出游的美好回忆,喜欢汽车的父亲坐在驾驶席上,我坐在他旁边,母亲和弟弟们坐在后面。那些回忆对我来说是千金不换的财富。我们研发的变速器是为了承载人们的梦想,制造的本质就是为世人做贡献。不应该是复仇,也绝不可能从过去的纠葛中获得动力。幽灵传动不是为了这种事而设立的公司。"

岛津一脸苦恼,继续倾诉道:"可是,不知从何时起,我们的心意产生了越来越大的隔阂。伊丹有他认定的道路,而我无法陪他一起走下去。"

说到这里,岛津抬起头来直视着佃。

"今天,我正式从幽灵传动离职了。虽然相处时间很短,还是要感谢您的关照。"

佃跟刚才一样站在社长室窗边，凝视着夕阳下，住宅区坡道上，岛津渐行渐远的背影。

被唤作天才的工程师渐渐从佃的视野里消失，融入了灿烂的金色光辉中。

SHITAMACHI ROCKET GHOST
Copyright © 2018 Jun Ikeido
Original Japanese edition first published by Shogakukan Inc.
Simplified Chinese translation rights arranged with Office IKEIDO Inc.
through The English Agency(Japan) Ltd. and East West Culture & Media Co., Ltd.
Simplified Chinese translation rights © 2020 by New Star Press, Beijing China.
著作版权合同登记号：01−2019−4705

图书在版编目（CIP）数据

下町火箭．3，幽灵／（日）池井户润著；吕灵芝译．－－北京：新星出版社，2020.5
ISBN 978−7−5133−3960−5

Ⅰ．①下… Ⅱ．①池… ②吕… Ⅲ．①长篇小说−日本−现代 Ⅳ．① I313.45

中国版本图书馆 CIP 数据核字（2020）第 054206 号

午夜文库
谢刚 主持

下町火箭 3：幽灵
[日] 池井户润 著；吕灵芝译

责任编辑：王　欢
特约编辑：赵笑笑
责任校对：刘　义
责任印制：李珊珊
装帧设计：人马艺术设计·储平

出版发行：新星出版社
出 版 人：马汝军
社　　址：北京市西城区车公庄大街丙3号楼　　100044
网　　址：www.newstarpress.com
电　　话：010−88310888
传　　真：010−65270449
法律顾问：北京市岳成律师事务所

读者服务：010−88310811　　service@newstarpress.com
邮购地址：北京市西城区车公庄大街丙 3 号楼　　100044

印　　刷：北京美图印务有限公司
开　　本：910mm×1230mm　　1/32
印　　张：7.25
字　　数：110千字
版　　次：2020年5月第一版　　2020年5月第一次印刷
书　　号：ISBN 978−7−5133−3960−5
定　　价：48.00元

版权专有，侵权必究；如有质量问题，请与印刷厂联系调换。